し

長編サスペンス

非常線

新宿署アウトロー派

南　英男

祥伝社文庫

目次

第一章　情報屋の死

1

幻なのか。

あり得ないことだった。夢を見ているのだろうか。

生方猛《うぶかたたけし》は一瞬、わが目を疑った。ピアノ・バー『ソナタ』に足を踏み入れたとき、驚きの声を洩《も》らしそうになった。

店は新宿歌舞伎町《かぶきちよう》にある。六月中旬の夜だ。九時半を回っていた。

奥の白いピアノに向かっている若い女性の横顔は、この二月に殺害された高見沢亜希《たかみざわあき》にそっくりだった。髪型も酷似《こくじ》している。しかし、死者が蘇《よみがえ》るわけはない。

生方は目を凝《こ》らした。よく見ると、別人だった。

「いらっしゃい」

ママの律子《りつこ》がにこやかに生方を迎えた。四十歳だが、三十四、五にしか見えない。大柄で、個性的な美人だ。ファッション・センスもよかった。

独身のころは、小劇団の看板女優だった。夫の真木諒太《まきりょうた》は翻訳家だが、あまり売れていない。髪結《かみゆ》いの亭主に近いのだろう。

「新しいピアニストを雇《やと》ったんだね？」

生方は確かめた。

「そうなの。わたしは当分の間、亜希ちゃんの後釜《あとがま》はいらないと思ってたんだけど、ピアノの生演奏を楽しみにしてるお客さんも多いのよ」

「おれに遠慮することはない。亜希ちゃんとおれは別に恋人同士だったわけじゃないんだから」

「でも、あなたたち二人は妬《ねた》ましくなるほど慕《した》い合ってたわ。ピアノを弾いてる娘《こ》、亜希ちゃんの音大の後輩なの」

「そう」

「飯野琴美《いいのことみ》という名で、二十五よ。横顔が亜希ちゃんに似てるでしょ？」

「ああ、よく似てるね。さっき本人かと錯覚しちゃったよ」

「わたし、罪なことをしたのかしら？」

「どういう意味なんだい？」

「新しく雇ったピアニストが亜希ちゃんに似てたら、生方ちゃんは辛《つら》いんじゃない？　亜希ちゃんに似てるからってことで採用したわけじゃないんだけどね」

「妙な気遣《きづか》いは無用だよ」

「わかったわ。ボックス席にする？」

律子が訊《き》いた。

生方は視線を伸ばした。常連の中年男性がピアノに近い席でホステスと談笑しているだけで、ほかに客は見当たらない。まだ時刻が早いせいだろう。

「こっちにするよ」

生方はママに言って、飴色《あめいろ》のカウンターのほぼ中央に腰を落とした。

バーテンダーの家弓保《かゆみたもつ》が目で笑い、手早くスコッチ・ウイスキーの水割りを作りはじめた。キープ・ボトルは、オールド・パーだった。

三十五歳の家弓はママの実の弟だ。三年数カ月前まで、彼は放送作家として活躍していた。主にテレビの旅番組やクイズ番組の構成台本を書いていたようだ。

売れっ子だったらしい。だが、家弓は某民放局の大物プロデューサーと仕事のことで揉《も》め、業界から締め出されてしまった。それ以来、オーナー・ママである姉の店で働いている。

ふた昔前の文学青年っぽい風貌《ふうぼう》で、ふだんは無口だ。独身だった。

「今年中には作家デビューできそうかい？」

生方は家弓に問いかけた。家弓は、春先から犯罪小説を書いているという話だった。

「書きかけの原稿はパソコンから消去しちゃいました」

「なんで？」

「物語を紡《つむ》ぎ出す才能がないことを痛感させられたんです」

「もったいないな。夢を追いつづけろよ」

「残念ながら、そう若くありませんから、そろそろ地に足をつけませんとね」

家弓が寂しげに言い、グラスとミックス・ナッツを生方の前に置いた。

生方はひと口啜《すす》ってから、キャビンに火を点《つ》けた。新入りのピアニストは、『ジュピター』を流麗《りゅうれい》に弾いている。

「亜希ちゃんより、なんとなくサウンドが硬いと思いませんか？」

「音楽のことはよくわからないんだ」

「こちらは子供のころに少しピアノを習ってたんで、なんとなくわかるんですよ。いけねえ、生意気なことを言っちゃいました」

家弓が首を竦《すく》めた。

三十九歳の生方は刑事だ。新宿署刑事課強行犯《きょうこうはん》第一係の係長である。職階は警部だった。この春の人事異動で、同じ所轄署の生活安全課から刑事課に移って三ヵ月しか経《た》っていない。

生方は二年四ヵ月前まで、警視庁捜査一課のエース刑事だった。

しかし、誤認逮捕という勇み足を踏んでしまった。そのペナルティーとして、本庁から新宿署の生活安全課に飛ばされたわけだ。

それも、担当は風紀捜査係だった。係長のポストこそ与えられたが、モチベーションは上がらなかった。

生方は部下と一緒にソープランド、性感エステ、売春クラブ、ストリップ劇場などの摘発に明け暮れた。いわゆる風俗犯には、犠牲者はいない。そのため、非合法セックス・ビジネスの根絶《こんぜつ》は不可能だった。

虚《むな》しい職務に厭気《いやけ》がさしたころ、秘めた想《おも》いを寄せていた『ソナタ』の契約ピアニストの亜希が自宅マンションで絞殺された。事件現場を訪れた生方は、殺人の嫌疑をかけられた。自らの無実を立証するため、彼は事件の真相を暴《あば》いた。

なんと真犯人は、本庁勤務時代に女子大生殺しの加害者として検挙した男だった。誤認逮捕ではなかったわけだ。亜希を葬《ほうむ》った犯人は昔の事件のことを根に持ち、手の込んだ方法で生方に濡《ぬ》れ衣《ぎぬ》を着せたのである。

生方は図《はか》らずも二つの殺人事件を解決に導《みちび》き、警視総監賞を与えられた。

その上、三月の人事異動で生活安全課から刑事課に転属になった。美人ピアニスト殺害事件で生方を被疑者扱いした刑事課の前課長と二人の刑事は見込み捜査の責任を問われ、それぞれ三多摩の小さな所轄署に左遷《させん》された。

刑事課は殺人、強盗、誘拐、傷害といった凶悪犯罪の捜査に当たっている。生活安全課で風俗刑事《デカ》に甘んじていた生方は、水を得た魚《うお》のように元気を取り戻した。亜希殺しの非公式の単独捜査で、刑事魂《デカだましい》も蘇った。

だが、強行犯第一係の係長になってからは、まだ管内で殺人事件は一件も発生していない。喜ばしいことだが、強行犯係の刑事としては少々、物足りない気分だ。

「生方さんは、どうしていまのお仕事を選ばれたんです?」

家弓が唐突《とうとつ》に質問をした。

「拳銃を持ち歩きたかったからさ」

「ほんとですか!?」

「冗談だよ。おれが高二のとき、本庁で刑事をやってた親父《おやじ》が殉職《じゅんしょく》したんだ」

「職務中に亡《な》くなられたんですか」

「そうなんだよ。親父は四十二、三のころから、迷宮入りした凶悪事案の専従捜査に携《たずさ》わってたんだ」

「そうですか」

「一家五人を惨殺《ざんさつ》した押し込み強盗犯を時効数日前に突きとめたんだが、親父は運悪く相手に撃たれてしまったんだよ。九ミリ弾を三発も浴びせられて、ほぼ即死だったらしい」

「それはお気の毒に。それで、その犯人はどうなったんです？」

「通行人たちに取り押さえられて、すべての犯行を洗いざらい喋《しゃべ》ったんだ。長い逃亡生活に疲れ果ててしまったんだろうな。二〇〇五年の法改正で殺人の時効は二十五年になったが、それまでは十五年だったんだ。それでも長いからな」

「そうですね。お父さんの無念さを晴らしてあげたくて、生方さんは……」

「ま、そういうことになるんだろうな」

　生方は短くなった煙草《たばこ》の火を揉み消し、グラスを口に運んだ。いつの間にか、ピアノ曲は『イマジン』に変わっていた。ジョン・レノンの名曲だ。

　亡父は、まるで青年のような熱血漢だった。心底、犯罪を憎んでいた。

ただ、罪を犯した者たちの犯行動機には理解と同情を示した。人間は誰も愚《おろ》かで、性《さが》や業《ごう》からは逃《のが》れられない。その哀《かな》しさを知っていたからだろう。

父は自分が刑務所に送った男女が仮出所すると、それこそ家族のようにあれこれ面倒を見ていた。働き口を探してやり、アパートを借りる際には保証人にもなっていたようだ。裏切られることが多かったにちがいない。それでも父は、前科者の更生に情熱を注《そそ》ぎつづけた。そんな父を母は敬愛し、懸命に支《ささ》えていた。

生方は、父の生き方に共鳴できた。理想の漢《おとこ》として憧《あこが》れてもいた。生方は都内の私大を卒業すると、迷うことなく警視庁採用の警察官になった。

ノンキャリアながら、順調に昇進してきた。警部補になって数カ月後には、本庁捜査一課に転属になった。三十一歳のときだった。

捜査一課は花形セクションである。約三百五十人の捜査員は揃《そろ》って敏腕だ。勘がよく、フットワークも軽い。

生方は父親から〝猟犬の血〟を受け継《つ》いだらしく、数年間で五人の殺人犯を緊急逮捕した。警部になったのは、三十四のときである。本庁内で話題になるほどのスピード出世だった。

その年の秋、生方は三つ年下の女性と結婚した。妻は神経が濃《こま》やかで、気立てがよかった。何よりも他人の憂《うれ》いに敏感だった。

それでいて、スタンドプレイめいた優しさは決して示さなかった。容姿も生方好みだった。

その妻は一年半後に病死してしまった。白血病だった。わずか四ヵ月の闘病生活で、呆《あっ》気《け》なく他界した。

妻の冷たくなった亡骸《なきがら》に触《ふ》れても、およそ現実感がなかった。遺体が火葬されるまで涙も出なかった。

生方は、いまも亡き妻と新婚生活を過ごした笹塚《ささづか》の賃貸マンションで暮らしている。間取りは2DKだ。妻の遺品は、そのままにしてある。この先も処分することはできないだろう。

生方は心の渇《かわ》きを覚えると、亡妻の衣類を取り出す。それを眺めているだけで、不思議にささくれ立っていた神経が和《なご》む。

亜希が死んだ夜も後ろめたさを感じながら、妻の遺品を手に取った。それだけで、幾《いく》らか癒《いや》された。それにしても、愛《いと》しい女たちが若死にしてしまう。

（おれは死に神なんだろうか）

生方はグラスを空け、お代わりをした。

そのすぐあと、ママの律子が隣のスツールに坐った。

「まだ悲しみが薄れないわよね。生方ちゃんと亜希ちゃんは、魂が触れ合ってた感じだから」

「もう少し時間がかかりそうだよ」

「でしょうね。プラトニック・ラブは恋愛の極致《きょくち》だと思うけど、ある意味では残酷なんじゃない？」

「残酷？」

「ええ。一線を越えてない男女は、どうしても互いの長所ばかり印象に残るでしょ？」

「そうだね」

「相手を美化してたら、愛惜《あいせき》の念はなかなか萎《しぼ》まないんじゃない？　死んだ人はいいけど、遺《のこ》された者は切ないわよね。だいぶ時間が経たないと、新たな恋愛もできないわけだから」

「それでもいいさ」

「一途《いちず》なのね。亡くなった亜希ちゃんにジェラシーを感じちゃうな。男性にそこまで想われたら、女としては最高だもの」

「そうかな」

「わたしも、旦那とプラトニック・ラブで終わらせるべきだったわ。若いころはすごく素敵だった真木にも、すっかり幻滅しちゃってるの」

「結婚生活が長くなれば、そんなもんじゃないのかな。ご主人だって、ママに……」

「ええ、幻滅してるでしょうね。わたしも欠点だらけだけど、真木にもう少し労《いたわ》りの精神があってもいいと思うの。夕食の後片《あとかた》づけはしてないし、わたしがくたくたに疲れて家に帰ったら、『コーヒーを淹《い》れてくれないか』だもんね。翻訳の仕事はたいして多くないんだから、家事の手伝いぐらいしてもいいのに」

「姉貴、そういう愚痴《ぐち》は聞き苦しいよ。義兄《にい》さんに愛想を尽かしたんだったら、さっさと別れちゃえばいいんだ。幸か不幸か、子宝には恵まれなかったんだからさ」

　弟の家弓が口を挟《はさ》んだ。

「そんな惨《むご》いことはできないわ。真木は子供みたいな男性《ひと》だから、わたしがそばにいてやらないと、何もできないのよ」

「だったら、保護者に徹するんだね」

「女のプライドは傷つくけど、そうするほうが夫婦円満でいられるのかな？」

　律子が微苦笑《びくしょう》し、スツールから立ち上がった。

　ちょうどそのとき、店に三人連れの客が入ってきた。電力会社に勤めている男たちだった。三十代の半《なか》ばだろう。ママが彼らをボックス・シートに案内した。

生方は二杯目の水割りを傾けながら、亜希を偲《しの》びはじめた。

それから間もなく、ピアノ曲が『サマータイム』に変わった。生前の亜希にちょくちょくリクエストしていたスタンダード・ナンバーだ。生方はなんとも切ない気持ちになった。

ありし日の亜希の姿が脳裏《のうり》ににじんだ。

想い出に浸《ひた》っていると、上着の内ポケットで携帯電話が身震いした。店に入る前にマナー・モードに切り替えておいたのである。

生方は携帯電話を摑《つか》み出し、サブディスプレイに目をやった。

発信者は宮内一樹《みやうちかずき》だった。旧知の情報屋である。

宮内は三年数ヵ月前まで、新宿署生活安全課にいた。職務上のことで先輩相手と口論になり、先に暴力を振るってしまったのだ。

依願退職してからは、フリーの調査員兼示談屋で糊口《ここう》を凌《しの》いでいる。独身で、生方よりも二つ年下だ。

生方は本庁から新宿署に異動になったときから、宮内を情報屋として使っていた。彼を紹介してくれたのは、直属の上司だった。

「生方さん、そばに誰か人がいます？」

　宮内が問いかけてきた。

「ああ。馴染《なじ》みの店で飲んでるんだ」

「『ソナタ』にいるんですね？」

「当たりだ」

「申し訳ないけど、ちょっと店の外に出てもらえます？　面白い情報《ネタ》を入手したんですよ」

「ちょっと待ってくれ」

　生方はすぐに腰を浮かせ、店の前の廊下に出た。無人だった。

「実は、だいぶ以前の二つの未解決事件の真相が透《す》けてきたんですよ。それについては、会ったときに詳しく話します。とりあえず、最新情報を教えますね。昨夜《ゆうべ》、俠友会《きょうゆうかい》の隠し武器庫に何者かが忍び込んで、拳銃、自動小銃、短機関銃など合わせて三十二梃もかっぱらったんですよ」

　宮内が小声で告げた。

　俠友会は、首都圏で四番目に勢力を誇る広域暴力団だ。構成員は約五千人で、新宿歌舞伎町二丁目に本部を構えている。

「偽情報《ガセネタ》じゃないんだろうな？」

「もちろんですよ。隠し武器庫は大久保三丁目にある『白菊葬儀社』の倉庫なんですが、柩《ひつぎ》の中に隠してあった銃器と弾薬が盗られたんです。葬儀屋をやってる盛田繁雄《もりたしげお》、四十八歳は四年前まで俠友会に足《ゲソ》をつけてたんです。一応、堅気《カタギ》になったんですが、組織とは完全に切れてなかったんでしょう」

「そうだろうな。二週間ほど前に陸上自衛隊朝霞駐屯地《あさかちゅうとん》の防犯システムを狂わせて、五基のロケット・ランチャーと二十発のロケット砲弾を奪った奴らがいるな。犯行グループはまだ捕まってないが、そいつらの仕業《しわざ》なんだろうか」

生方は呟《つぶや》いた。

陸上自衛隊の兵器が奪われたことで、埼玉県警と防衛省情報本部は大がかりな捜査に乗り出した。だが、まだ犯人グループは割り出されていない。防犯システムを破った者も不明のままだ。

防衛省情報本部の前身は、陸上自衛隊幕僚監部調査部別室である。一九九七年一月に陸海空の三自衛隊と統合幕僚会議部電波部が統合されたのだ。指揮系統は、内閣情報調査室の室長が握っている。

生方は、二十分後に宮内と近くにあるホテルの一階ロビーで落ち合うことになった。

勘定を払い、じきに『ソナタ』を出る。馴染みの酒場は、花道《はなみち》通りに面したバー・ビルの中にある。

指定されたシティ・ホテルは、西武新宿駅に隣接していた。生方はバー・ビルを後《あと》にし、東宝会館の脇を抜けた。新宿コマ劇場の付近は、今夜も人波であふれていた。

歌舞伎町一番街を大股で歩み、右に曲がる。ほどなく目的のホテルに着いた。

生方はエントランス・ロビーに入り、表玄関に近いソファに腰かけた。

人影は疎《まば》らだった。

捜査協力費は署に請求しにくい。これまで生方は宮内から裏情報を貰《もら》うたびに、ポケット・マネーで謝礼を渡してきた。その額は数万円だった。

ささやかな謝礼だが、いつも宮内は恐縮した。金欲しさに警察に協力しているわけではないからだ。宮内は事件捜査の一端を担《にな》いたくて、現職刑事に裏社会の動きを教えてくれているのである。

宮内が提供してくれた情報は、おおむね正しかった。おかげで、生方は何度も手柄を立てることができた。

約束の時刻になった。

しかし、宮内は姿を見せない。何か予測できない事態に陥《おちい》ったのか。不吉な予感が胸を掠《かす》めた。そのとき、宮内から電話がかかってきた。

様子がおかしい。通話キーを押し込んでも、宮内は苦しげに喘《あえ》ぐだけだった。

「おい、どうしたんだ？　宮内、返事をしろ！」

「う、撃たれた。黒いフェイス・キャップを被《かぶ》った野郎に拳銃でいきなり……」

「いま、どこにいるんだ？」

「ホ、ホテルの地下駐車場です。二発撃たれたんで、おれ、う、動けないんだ」

「すぐそっちに行く」

生方は携帯電話を折り畳み、勢いよく立ち上がった。フロントの横を走り抜け、地階に駆け降りる。

宮内は、エレベーター・ホールから十数メートル離れた床に仰向《あおむ》けに倒れていた。車と車の間だった。胸部と腹が鮮血に染まっている。身じろぎ一つしない。

生方は宮内の名を呼びながら、急いで駆け寄った。

返事はなかった。ぴくりとも動かない。

生方は屈《かが》み込んで、宮内の右手首を取った。

脈動は熄《や》んでいた。温《ぬく》もりは伝わってきた。息絶えた直後なのだろう。

生方は遺体の周《まわ》りを見た。

薬莢《やっきょう》はどこにも転がっていない。地下大駐車場の防犯カメラを見上げると、レンズはカラー・スプレーの噴霧《ふんむ》で完全に塗《ぬ》り潰《つぶ》されていた。まだ乾き切っていなかった。

（なんてことなんだ）

生方は携帯電話を用いて、すぐさま事件通報した。

新宿署に常駐している本庁機動捜査隊初動班が臨場《りんじょう》したのは、六分後だった。どの捜査員とも顔見知りだ。生方は初動班の主任に経過を伝えた。

部下の道岡敦《みちおかあつし》警部補が駆けつけたのは、現場検証がはじまる直前だった。三十六歳の道岡は、生方の片腕である。残りの部下たちも続々と事件現場に到着した。

生方は七人の部下を集めて、宮内から聞いた話を教えた。

「係長《ハンチョウ》、関東御三家のどこかが侠友会をぶっ潰す気なんじゃありませんか？」

道岡が口を切った。その目は、犯人の遺留品を探している鑑識係員に注がれていた。

「なぜ、そう思った？」

「五、六年前から関西勢力がまるで挑発するように、都内の盛り場に企業舎弟《フロント》のオフィスを設けてますよね？」

「そうだな」

「組事務所をこしらえたわけじゃないから、東西の紳士協定を破ったことにはなりません。しかし、御三家の住川会《すみかわ》、稲森会《いなもり》、極友会《きよくゆう》は脅威を覚えてるはずです。関東のやくざが結束しなければならない時期なのに、侠友会は足並みを揃えようとしません」

「侠友会は、確かに御三家とは距離を置いてる。しかし、東西の全面戦争になれば、当然、侠友会も関東勢に味方するはずだ」

「そうか、そうですね。御三家のどこかが侠友会を刺激するような真似《まね》はしないか」

「ああ、おそらくな。ただ、別の理由で御三家のどこかが侠友会を困らせた可能性もゼロじゃないだろう。おれは、陸自からロケット・ランチャーを強奪した連中が侠友会の隠し武器庫を襲ったのかもしれないと睨《にら》んでるんだが……」

「何か根拠があるんですか？」

「いや、ない。単なる勘だよ。ここは、おまえらに任せる。おれは宮内の家《ヤサ》に行ってみる」

　生方は道岡に言いおき、一階に駆け上がった。

　ホテルを飛び出し、足早に宮内の自宅マンションに向かう。被害者の塒《ねぐら》は新宿五丁目の裏通りにある。八階建ての賃貸マンションだ。

　十分そこそこで、目的のマンションに着いた。

　出入口はオートロック・システムにはなっていない。常駐の管理人もいなかった。

生方はエレベーターで六階に上がった。

宮内は六〇二号室に住んでいた。玄関ドアは施錠《せじょう》されていなかった。誰かが家捜《やさが》ししたのか。

生方は用心しながら、青いスチール・ドアを開けた。

電灯が煌々《こうこう》と点《つ》いている。1LDKの室内は物色され、足の踏み場もないほど散らかっていた。

どうやら射殺された宮内は、銃器強奪事件の犯人に見当をつけていたようだ。あるいは、電話で言いかけていた昔の二つの未解決事件の謎を解いたのかもしれない。それだから、命を奪われることになったのだろう。

生方は靴を脱ぎ、部屋の中に入った。

不審者はどこにも潜《ひそ》んでいなかった。生方は道岡刑事の携帯番号を鳴らして、宮内の自宅が荒らされていることを話した。

「こちらの現場検証が終わり次第、初動班の面々とそちらに向かいます。被害者の宮内一樹は元身内です。一日も早く仇《かたき》を討ってやりましょうよ」

「そうしよう」

生方は同調し、通話を切り上げた。単に元身内というだけではなく、宮内には恩義を感じていた。

他人から受けた恩義には、何らかの形で報《むく》いる。それが人の道だろう。

2

人いきれが充満している。

少し蒸《む》し暑い。新宿署の五階の会議室に設けられた捜査本部である。

元刑事の宮内が射殺された翌日の午後四時過ぎだ。

生方は、西陽《にしび》の射《さ》す窓側の最前列に坐っていた。後ろには、部下の津坂登《つさかのぼる》警部補、道岡警部補、国松快《くにまつかい》巡査部長、沖恵一《おきけいいち》巡査部長、大竹利文《おおたけとしふみ》巡査長、相沢雄太《あいざわゆうた》巡査、福永拓《ふくながたく》巡査の七人が縦列《じゅうれつ》に並んでいる。

廊下側の机には、警視庁捜査一課強行犯第三係の捜査員十一人が腰かけていた。

最前列に坐っているのは、係長の露木稔《つゆきみのる》警部だ。本庁から出張《でば》ってきた捜査員は全員、生方のかつての同僚だった。気心は知れている。

正面のホワイトボードの横には、新宿署の署長、刑事課の中尾邦明《なかおくにあき》課長、本庁捜査一課の綿引勉《わたびきつとむ》理事官が並んでいた。間もなく捜査会議がはじまる。

殺人など凶悪な事件が発生すると、警視庁や道府県警本部は所轄署に捜査本部を設置する。そのことを警察用語で、帳場が立つという。

捜査本部の開設と解散は原則として、警視総監や各警察本部長が決定を下すことになっている。しかし、実際には所轄署の署長や刑事課長ら幹部が合議し、警視総監や各警察本部長に開設を要請しているケースが多い。捜査費用は所轄署が負担する。

署長が目顔《めがお》で、中尾刑事課長を促《うなが》した。五十三歳の中尾は警視だが、ノンキャリアだ。異動前は高輪《たかなわ》署の刑事課長を務《つと》めていた。

中尾課長がホワイトボードの前に立ち、前夜の殺人事件の初動捜査の結果を語りはじめた。

新宿プリンセスホテルの地下駐車場で犯行を目撃した者は皆無《かいむ》だった。犯行時の防犯ビデオには何も映っていなかった。また、銃声を聞いたホテルマンや宿泊客も見つかっていない。

被害者のクラウン・マジェスタの車内からは、無数の指紋や掌紋《しょうもん》が採取された。頭髪も集められた。

クラウンの周囲からは、少量の硝煙反応が出た。犯人のものと思われる足跡も残っていた。しかし、それらで加害者を割り出すことはできなかった。

「司法解剖の所見《しょけん》も出てます」

中尾がそう前置きして、東大法医学教室で午前中に行われた司法解剖の結果を詳《くわ》しく述べた。

宮内一樹の死亡推定時刻は、昨夜十時十分から二十分の間とされた。死因は被弾による失血死だった。

凶器は線条痕《せんじょうこん》から、アメリカ製のS&W386マウンテン・ライトと断定された。軽量の大型リボルバーだ。

「現在のところ、銃声を耳にした者はいない。おそらく犯人は銃身に袋掛《バギング》けして、銃声を殺したと思われる。被害者が狙われた理由については、強行犯一係の係長に説明してもらいます」

中尾課長が言って、自分の席についた。

生方は立ち上がり、ホワイトボードの前に立った。宮内から電話で聞いた密告内容をつぶさに伝えた。

「侠友会の隠し倉庫を襲った奴らが本事案の犯人《タマ》臭いな。三十二梃の銃器を奪った連中は、何人だったんだい？」

本庁の露木が口を開いた。生方よりも二歳年上だった。

「そこまではわからないんですよ。宮内と会ってから、細かい話を聞くつもりでいましたんでね」

「そうか。半月ほど前に朝霞駐屯地から五基のロケット・ランチャーと二十発のロケット砲弾が盗まれてるが、本件とは無関係なんだろうか」

「わたしは、二つの銃器強奪事件はつながってる可能性があると考えてます」

「生方の勘はよく当たるから、そうなのかもしれないな。だとしたら、銃器強奪グループはかなり荒っぽい連中なんだろうね。過激派の犯行《ヤマ》じゃなさそうだな」

「わたしも、そう思ってます」

「侠友会よりも規模の小さい組織が隠し倉庫に押し入ったのかね？　あるいは、侠友会は御三家のどこかと何かでトラブってて、一種の厭《いや》がらせをされたのかな？　もしくは、外国人マフィアに押し入られたのかもしれない。チャイニーズ・マフィア、コロンビア・マフィア、それからイラン人グループは自分らで武器を調達できるだろうが、新興のナイジェリア・マフィアあたりは密輸ルートがなさそうだからな」

「予断《よだん》は持たないほうがいいと思います。朝霞の事件《ヤマ》と同一犯だとしたら、犯人グループは駐屯地の防犯システムを狂わせてから侵入してるんです」

「ヤー公や外国人マフィアよりも頭脳的な犯罪集団の犯行臭い？」

「ええ、そうなんでしょうね」

「生方、最近はパソコンを自在に操《あやつ》れるインテリやくざも増えてるぞ。そんな中に防犯システムを破壊できるクラッシャーもいるんじゃないのか？」

「そういう可能性もあるでしょうね。しかし、まだ初動捜査資料しかないんです。白紙の状態で合同捜査に取りかかるべきだと思います。それから、電話で話してた二つの未解決事件が宮内の死とリンクしてる可能性もありますね」

生方は言った。露木が黙ってうなずいた。

「本庁《ホンブ》の理事官と相談して、今回はわたしが捜査主任をやらせてもらうことになった。綿引理事官は副捜査主任に回ってくださるそうだ」

「わたしは事件捜査に不馴《ふな》れなんでね」

中尾課長の声に、綿引理事官の声が被《かぶ》さった。

五十一歳の綿引理事官は本庁捜査一課長の参謀《さんぼう》だが、事件捜査には疎《うと》い。捜査一課長と話し合って、本事案では捜査主任を所轄の刑事課長に譲《ゆず》ることになったのだろう。

「綿引理事官のご指名で、本庁の露木警部と新宿署《うち》の生方君に予備班をやってもらう」

中尾刑事課長が告げた。

生方は少し緊張した。予備班という語感にはマイナーな印象を持ちがちだが、捜査主任の片腕である。捜査本部の現場指揮官と言ってもいい。

通常、十年以上の捜査経験のあるベテラン刑事が選ばれる。その数は、わずか数名だ。予備班の捜査員は原則として特定の任務に就《つ》くことは少ない。捜査本部で情報を集め、現場の刑事に指示を与える。

ただし、予備班のひとりが特命で現場捜査に当たることもある。被疑者を最初に取り調べるのは、いつも予備班だ。

捜査本部は庶務班、捜査班、予備班、凶器班、鑑識班に分けられる。

庶務班は捜査本部に充《あ》てられる所轄署の会議室に机を並べ、ホワイトボードを運び入れる。数台の警察電話を引き、さまざまな事務備品を揃える。

それだけではない。捜査員たちの食事の世話をし、捜査費用の割り当てもこなす。武道場に泊まり込み用の寝具を用意することも役目の一つだ。所轄署の生活安全課の者が駆り出される場合もある。裏方だが、欠かせない。

捜査班は本庁と所轄署の刑事たちだけで構成される。班は地取り班と鑑《かん》取《ど》り班に振り分けられる。地取り班は事件現場周辺で聞き込みをして、犯行の目撃証言や不審者の有無《うむ》を調べる。

鑑取りは正確には、地鑑《ちかん》捜査のことだ。被害者の家族や友人に会い、交友関係や生活状態などを洗う。凶器班は、犯罪に使われた拳銃や刃物を捜し出す。時にはドブ浚いもしなければならない。入手方法も調べる。

鑑識班は本庁や所轄署の鑑識係から三人前後、選出される。ベテランの係官が指名されることがほとんどだ。

「捜査班の割り振りは、予備班の二人に任せよう」

署長がそう言い、本庁の綿引理事官と捜査本部から出ていった。それから間もなく、中尾課長も姿を消した。

生方は本庁の露木警部と相談し、捜査班を地取り班と鑑取り班に分けた。基本的には本庁と所轄署の刑事にコンビを組ませる。老練と若手の組み合わせが圧倒的に多い。

捜査班の面々は次々に聞き込みに出かけた。

「おれはここに残って、情報の交通整理をやるよ。生方は、外に出たいんだろう？」

露木が話しかけてきた。

「ええ、まあ」

「後で中尾さんに言っとくから、本庁《うち》の浜畑《はまはた》と侠友会の植草甚太郎《うえくさじんたろう》会長に会いに行けよ」

「いいんですか？」

「現場捜査をしたくて、うずうずしてるんだろうが？」

「その通りです」

「だったら、聞き込みに行けって」

「そうさせてもらいます」

生方は笑顔で応じた。露木警部が居残っていた浜畑宗一《そういち》警部補を手招きした。

三十四歳の浜畑は、本庁強行犯第三係の主要戦力だった。体型は細身で、温厚そうな面《おも》立《だ》ちだ。平凡なサラリーマンにしか見えない。

だが、有能な刑事である。頭の回転が速く、粘《ねば》り強くもあった。

「おまえ、生方とコンビを組め」

露木が部下の浜畑に言った。

「それは嬉しいな。地取り班にも鑑取り班にも入れてもらえなかったんで、スペア要員にされたのかと少し落ち込んでたんですよ」

「おまえをスペア要員になんかしないさ。三年ぶりに生方とコンビを組んで、また仕込んでもらえ」

「はい」

浜畑が露木に言って、生方に向き直った。

「よろしくお願いします」

「浜畑に教えることなんか、もう何もない。そっちは、れっきとした相棒だよ」

「いいえ、まだまだ未熟者です」

「その謙虚《けんきょ》さがいいな。すぐに出られるな？」

「はい」

「それじゃ、行こう」

生方は先に廊下に出た。浜畑刑事が従《つ》いてくる。

二人はエレベーターで一階に降り、交通課の前を通って、駐車場に回った。

「自分が運転します」

浜畑が捜査車輛《しゃりょう》に駆け寄った。オフブラックのスカイラインだ。

生方は助手席に腰を沈めた。浜畑はすでに覆面パトカーのエンジンを始動させていた。

侠友会の植草会長の自宅が新宿区下落合《しもおちあい》二丁目にあることは捜査会議に出る前に調べてあった。植草は本部事務室には、めったに顔を出さない。そのことも確認済みだ。自宅にいることは、ほぼ間違いない。

生方は、浜畑に植草宅の住所を教えた。浜畑が大きくうなずき、スカイラインを発進させた。

六百数十人の署員を抱えている新宿署は、青梅《おうめ》街道に面している。覆面パトカーは青梅街道を中野坂上《なかのさかうえ》方面に進み、山手《やまて》通りに入った。池袋方向に走り、目白《めじろ》通りの手前で右に折れる。

閑静な住宅街に入ると、ほどなく植草会長宅に着いた。ひときわ目立つ豪邸だった。敷地は四百坪近いのではないか。奥まった場所に三階建ての鉄筋コンクリート造りの家屋があり、庭木に囲まれている。

浜畑がスカイラインを会長宅の石塀《いしべい》に寄せた。塀の上には鋭い忍び返しが連《つら》なっている。

生方は先に車を降り、植草宅の門の前まで歩いた。レリーフのあしらわれた門扉《もんぴ》は、見るからに頑丈《がんじょう》そうだ。扉越《とびらご》しに車庫が見える。黒いメルセデス・ベンツとベントレーが並んでいた。

浜畑が小走りに駆けてきた。生方は監視カメラを見ながら、インターフォンを鳴らした。

ややあって、スピーカーから若い男の声で応答があった。部屋住みの構成員だろう。

生方は身分を明かし、植草会長に面会を求めた。

数分待つと、ポーチから二十四、五の男が現われた。ひと目で筋者《すじもの》とわかる風体《ふうてい》だ。

「どうぞお入りください」

「お邪魔するよ」

生方はアプローチの石畳を踏み、洒落《しゃれ》たポーチに上がった。浜畑は、すぐ後ろにいた。

二人は、広い玄関ホールに接した三十畳ほどの応接間に通された。頭上のシャンデリアや調度品も安物ではなかった。

深々とした総革《そうかわ》張りの白いソファ・セットは外国製だろう。頭上のシャンデリアや調度品も安物ではなかった。

「すぐに会長がまいると思います」

若い男が深く腰を折り、応接間から下がった。

右隣に坐った浜畑が憎々しげに低く呟《つぶや》いた。

「贅沢《ぜいたく》な生活をしてるんですね」

生方は曖昧《あいまい》にうなずいた。暴力団の首領《ドン》が汚れた金で優雅に暮らしていることは、むしろん腹立たしかった。しかし、むきになって怒りを露《あらわ》にするのは大人げない気がしたのである。

「午前中に任意同行で引っ張った『白菊葬儀社』の盛田社長は正午過ぎにようやく倉庫に隠してた三十二梃の銃器を奪われたことは認めましたが、事件の詳細については何も語ろうとしてません。誰に頼まれて銃器を預かったのか、肝心のことは黙秘したままです」

「そうだな」

「植草会長だって、どうせシラを切るんじゃないですか？」

「多分な。それは、承知の上さ。しかし、捜査の手がかりを得られるかもしれないからな」

「ええ、そうですね。それに盛田の逮捕状が東京地裁から下りれば、葬儀屋の社長は全面自供するかもしれません」

浜畑が口を閉じた。

そのすぐあと、応接間のドアが乱暴に開けられた。植草は着流し姿だった。角刈りで、額と頬には刃傷が刻まれている。

中肉中背だが、どことなく凄《すご》みがあった。眼光は鋭い。

生方たちは立ち上がって、顔写真付きの警察手帳を提示した。ＦＢＩ方式の身分証である。

「一昨日《おととい》の晩、元会員だった盛田んとこの倉庫から拳銃やライフルが盗《ギ》られた話はおれの耳にも届いてるよ」

植草会長が言いながら、生方と向かい合う位置に腰かけた。

「奪われた三十二梃の銃器は、誰が盛田に預けたんです？　俠友会の者なんでしょ？」

生方は単刀直入に切り出した。

「そうかもしれねえけど、おれはそこまで知らねえな。構成員が五千人もいるわけだから、末端の人間のことはよくわからねえんだ。それに盛田はとうの昔に俠友会とは切れてるからな。あいつが足を洗ってからは一遍《いっぺん》も会ってねえ。だから、下部団体《エダ》の誰が盛田に銃器を預けてたかも知らねえんだ」

「そうですか」

「盛田はどうなるんでえ？」

植草が言って、上体を背凭《せもた》れに預けた。

「令状《オフダ》が下り次第、銃刀法違反で地検送りになるでしょう。本格的な取り調べがはじまれば、盗まれた三十二梃の持ち主のことを吐くんじゃないかな」

「以前、新宿署の生安課にいた宮内一樹がきのうの晩、新宿プリンセスホテルの地下駐車場で射殺されたよな？」

「ええ」

「盛田んとこの倉庫から銃器がかっぱらわれたことと元刑事殺しの事件《ヤマ》は何かつながりがあるのかい？」

「おそらくね」

生方は、宮内の密告内容を明かした。二つの未解決事件のことには触れなかった。植草会長や俠友会には関わりがなさそうな気がしたからだ。

「ひょっとしたら、稲森会が厭《いや》がらせをしたのかもしれねえな」

「何か思い当たることがあるんですか？」

「ああ、ちょっとな。首都圏の親分衆たちの親睦会『関東十日会』のことは知ってるだろ？」

「ええ」

「先月の会合でさ、おれは御三家が関西勢力に対して弱腰すぎると言ってやったんだ。そしたら、稲森会の仙波賢次《せんばけんじ》会長が口幅《くちはば》ったいことを言うなと怒鳴《どな》りやがったんだよ。おれは負けじとやり返した。摑《つか》み合いになりそうになったんだが、住川会の会長が仲裁に入ってくれたんで、その場で一応、手打ちになったわけさ。けど、仙波は苦虫を嚙《か》み潰《つぶ》したような面《つら》してた」

「そうですか」

「きっと仙波が自分とこの組員に盛田んとこの倉庫に忍び込ませて、三十二梃の銃器をかっぱらわせやがったんだ。それを裏付ける情報もキャッチしてる」

「どんな情報なんです？」

浜畑刑事が会話に割り込んだ。

「俠友会《うち》の二次組織を九ヵ月前に破門になった笹川等《ささがわひとし》って野郎がいるんだが、そいつが三ヵ月前に稲森会の三次団体の盃《さかずき》を貰ったんだよ。その笹川が一昨日《おととい》の夜、『白菊葬儀社』の倉庫の近くの路上に立ってたらしいんだ。笹川は、おそらく見張り《シキテン》を任されたんだろう。犯人グループを手引きしたのは、笹川なんじゃねえかな。多分、そうなんだろう」

「その笹川と盛田は割に親しかったんですか？」

「盛田は現役のころ、よくチンピラだった笹川の面倒を見てたよ。だから、笹川は盛田が誰かの武器《ドウグ》を預かってたことは知ってやがったんだろう」

「それで、犯人グループは手引きしたんですかね？」

「そうなんだろう」

「しかし、笹川という男は昔、『白菊葬儀社』の盛田社長に世話になったわけでしょ？」

「それは昔の話だ。いま笹川は稲森会の一員なんだから、恩のある盛田も平気で裏切るだろう。若い奴らは義理とか人情なんか弁《わきま》えてねえ。仁俠道も守らねえんだ」

「それにしても……」

「稲森会の仙波会長が先月の一件を根に持って、盛田んとこの倉庫に侵入させやがったにちがいねえよ。盛田が武器《ドウグ》の持ち主を自白《ゲロ》すりゃ、俠友会の誰かも逮捕《パク》られることになる。そいつが理事クラスの大幹部だったら、痛手を被《こうむ》ることになるじゃねえか」

「それは、そうでしょうね」

「それからな、もう一つあるんだ」

「どんなことなんです？」

「非合法ビジネスになるから、ここでは言えねえな」

「そのことは不問に付《ふ》してもいい」

　生方は植草に言った。

「そういうことなら、喋《しゃべ》っちまおう。侠友会《うち》の二次団体の羽柴《はしば》組が超高級売春クラブを管理してるんだが、売れっ子の娼婦が先月の中旬から九人も相次《あいつ》いで失踪《しっそう》してるんだ。稲森会が高級娼婦を拉致《らち》して、営業妨害してるんじゃねえかな。そうにちがいねえよ。くそっ、仙波の奴め！　場合によっては、稲森会と全面戦争だっ」

「あまり早まらないほうがいいんじゃないのかな？　それはそうと、笹川等の家《ヤサ》を教えてくれませんか」

「笹川は、百人町《ひゃくにんちょう》二丁目の『カーサ新大久保』ってマンションに住んでる。あいつが銃器強奪グループを手引きしたとわかったら、おれに知らせてくれねえか」

「笹川って奴を締め上げて、稲森会の命令系統を探《さぐ》る気なんですね？」

「まあな」

植草は否定しなかった。

「そういうことなら、情報は流せないな」

「いいじゃねえか。そっちに迷惑はかけねえよ」

「お邪魔しました」

生方は返事をはぐらかして、ソファから立ち上がった。すぐに浜畑が倣《なら》った。

「喰《く》えない男だ」

植草が悪態《あくたい》をついた。生方は薄く笑って、先に応接間を出た。浜畑が追ってくる。

二人は植草邸を辞去した。

「笹川に会いに行こう」

生方は言って、覆面パトカーの助手席側に回り込んだ。

3

ドアの向こうで、悲鳴が上がった。

若い女の声だった。揉み合う物音も響いてきた。

『カーサ新大久保』の三〇一号室だ。笹川等の自宅である。

生方は部屋のインターフォンを鳴らしつづけた。

「笹川って奴、覚醒剤《シャブ》喰《く》って暴《あば》れてるんですかね？」

相棒の浜畑が囁《ささや》き声で言った。

「そうなのかもしれない」

「同棲してる女性が乱暴されてるんでしょうか？」

「いや、そうじゃないだろう。女の声は、どこか稚《おさな》かった。十代の少女を笹川は部屋に連れ込んで、悪さをしかけてるんだろう」

生方はドアを拳《こぶし》で強く叩《たた》きはじめた。

すると、室内が静まり返った。浜畑がインターフォンのボタンを押す。

数十秒後、荒々しい足音が近づいてきた。

生方は、とっさに宅配便業者を装う気になった。過去に同じ手を使って、成功している。

「誰でえ？」

「ヤマネコ便です。お届け物です」

「いま取り込んでるんだ。二時間後に来てくれや」

「お届け物は生鮮食料品なんですよ」

「わかったよ。いま、開けらあ」

ドアが細く開けられた。応対に現われた三十代前半の男は、上半身に何もまとっていない。刺青《いれずみ》で肌を飾っている。図柄は弁天小僧だ。

生方はドア・ノブを引いた。

「警察だ。笹川等だな？」

「そうだけど、おれは何も危《ヤバ》いことなんかしてねえぜ」

「そうかな」

「いったい何だってんだよっ」

笹川が気色《けしき》ばんだ。

そのとき、奥の居室から十六、七の少女が姿を見せた。下着姿だった。ブラジャーとパンティしかつけていない。

「た、救《たす》けて！　あたし、その男にレイプされそうになったんです」

「てめえ、嘘つくんじゃねえ」

笹川が顔面を引き攣《つ》らせ、少女に組みついた。

生方は急いで靴を脱ぎ、部屋の中に上がり込んだ。浜畑が素早く入室し、後ろ手にドアを閉める。

　間取りは1DKだった。奥の居室にはベッドが置かれている。フローリングの床には、少女の衣服が散乱していた。

　生方は、笹川を少女から引き剝《は》がした。浜畑刑事が笹川の利き腕を捩《ねじ》り上げる。笹川が痛みを訴えた。

「きみは、この部屋の主とどういう関係なのかな？」

「昼間、歌舞伎町一番街でナンパされたんです。あたし、きのう、家出したんです。母さんが遊び仲間と縁を切れって言ったんで、大喧嘩になっちゃったの。それで頭にきたんで、宇都宮の家を飛び出しちゃったんです」

「高校生かな？」

「はい、高二です」

「名前を教えてくれるかな？」

「塩瀬《しおせ》春菜《はるな》です。きのうはドーナッツ・ショップで夜明かししたんだけど、あまりお金を持ってないんで、あたし、寮のあるパチンコ屋で働こうと思ったの。そんなときに、この男が声をかけてきて、働き口を紹介してくれると言ったんですよ」

「それで、このマンションに連れ込まれたんだね？」

「ええ、そうです。こいつは急に刺青をちらつかせて、のしかかってきたの」

春菜が言って、笹川を睨《ね》めつけた。

「てめえ、いい加減なこと言うんじゃねえ。自分でシャツを脱いだじゃねえか」

「あたし、そんなことしてない。あんたこそ、嘘つかないで！」

「ドアの外まで、彼女の悲鳴が聞こえてきたんだよ。もう観念しろ！」

浜畑が敏捷《びんしょう》に動き、笹川の右腕を肩の近くまで捩り上げた。笹川はおとなしくなった。

「この笹川は、やくざ者なんだよ。おそらく、きみを弄《もてあそ》んだら、性風俗の店で働かせるつもりだったんだろう」

生方は家出娘に言った。

「やっぱり、暴力団関係者だったのね。なんとなく堅気じゃないような気がしてたんだけど」

「歌舞伎町には、家出中の女の子たちを喰い物にしてる男たちが大勢いるんだよ。宇都宮の家に帰ったほうがいいな」

「え、ええ。でも、帰ったら、また母とやり合いそうで……」

「新宿署の少年一係の女性警官に迎えに来てもらおう。その彼女が、家の人にうまく話をしてくれると思うよ」

「あたし、補導されちゃうの!?」

「保護されるだけさ」

「そういうことなら、婦警さんを呼んでもらってもかまいません」

　春菜が言った。

　生方は携帯電話で、生活安全課少年一係の進藤《しんどう》隆次《りゅうじ》係長に連絡を取った。進藤は叩き上げの刑事だ。四十八歳である。

　進藤は三年数ヵ月前まで、生活安全課で風紀捜査係に携《たずさ》わっていた。なかなかの人情家で、歌舞伎町で働くホステス、ホスト、バーテンダー、風俗嬢たちに慕《した》われていた。補導した十代の若者たちからは、いまも近況が寄せられているようだ。

「生方君、どうした？」

　進藤が柔らかな声で訊《き》いた。生方は本庁から新宿署に転属になって以来、人情刑事と親交を重ねてきた。月に何度か、一緒に酒を酌《く》み交わしている。

　生方は、かいつまんで経緯《いきさつ》を語った。

「すぐに部下の婦警を笹川の自宅に行かせよう」

「お願いします」

「で、その家出少女は笹川を婦女暴行未遂で告訴する気でいるのかな？　その種の事件は親告罪《しんこくざい》だから、被害者にその気がなければ、立件できない」

「ええ、そうですね。まだ本人の気持ちは聞いてませんが、表沙汰にしたら、傷が残ると思うんです」

「そうだね。本人が迷ってるようだったら、親告はしないほうがいいかもしれないな。しかし、被害者の意思は確かめるべきだろうね」

「もちろん、そうするつもりでした」

「そうだろうな。それはそうと、捜査本部事件の捜査はどうなんだい？　殺された宮内はよく知ってる男だったから、一日も早く成仏《じょうぶつ》させてやってほしいね」

「まだ有力な手がかりは得てませんが、必ず犯人《ホシ》を検挙《アゲ》ますよ」

「ああ、頑張ってくれ。十分そこそこで、うちの紅林《くればやし》刑事がそっちに行くと思うよ」

「わかりました」

生方は、折り畳んだ携帯電話を黒い麻の上着の内ポケットに収めた。いつの間にか、春菜は身繕《みづくろ》いを終えていた。

生方は春菜を部屋の外に連れ出した。

「笹川にレイプされそうになったことを事件にしたい？」

「そうしたいけど、家族に姦《や》られそうになったことを知られるのは、なんか厭《いや》だな。おっぱいや大事なところをいじられたけど、犯されちゃったわけじゃないから、あたし……」

「だったら、親告はしないほうがいいかもしれないな。事情聴取のとき、笹川にどう服を脱がされて、どこをどんなふうに触《さわ》られたかなんてことも答えなきゃならないからね」

「泣き寝入りするのは癪《しゃく》だけど、そんなことまで話さなきゃならないのは辛《つら》いな。思い出したくないことだから」

「それなら、立件しないことにする？」

「はい。あたし、笹川って奴は赦《ゆる》せないけど、乱暴されそうになったことは忘れることにします」

　春菜がそう言い、下唇を嚙《か》みしめた。

「もしも後で気が変わったら、担当の女性刑事に言ってくれ。そのときは、絶対に笹川を婦女暴行未遂罪で送致してやるから」

「は、はい」

「きみは運悪く狂犬に咬《か》まれそうになっただけだ。そう考えて、忌《いま》わしい出来事は早く忘れるんだね」

「は、はい」

「よし、部屋に戻ろう」

生方は春菜を三〇一号室に押し入れた。

奥の居室に入ると、笹川は床に這《は》わされていた。生方は浜畑に声をかけた。

「抵抗したのか？」

「ええ、ちょっと。笹川が踵《かかと》で自分の向こう臑《ずね》を蹴ったもんで、腹這いにさせたんです。後ろ手錠を掛けたほうがいいですかね？」

「いや、そのままでいい」

「わかりました」

浜畑が言って、右の膝頭で笹川の腰を押さえた。

生方は春菜をダイニング・テーブルの椅子に坐らせてから、笹川の前に回り込んだ。

「春菜って娘《こ》、おれに姦《や》られそうになったって言ってるのか？」

笹川が不安顔で問いかけてきた。生方は駆け引きする気になった。

「まあな。おまえは前科《マエ》があるだろうから、実刑判決が下るだろう」

「まいったな」

「一昨日《おととい》の晩のことを正直に話したら、春菜って娘《こ》に告訴を取り下げるよう説得してやってもいい」

「ほんとかよ？」

「ああ。一昨日の十時過ぎ、そっちは大久保の『白菊葬儀社』の倉庫のそばの路上に立ってたな？」

「えっ⁉」

「倉庫の柩の中には、拳銃、自動小銃、短機関銃が合わせて三十二梃と弾丸が隠されてた。俠友会のどこかの組が、葬儀屋社長の盛田繁雄に預けたんだろう」

「…………」

「そっちは俠友会の下部団体《エダ》にいた時分、盛田に世話になってた。しかし、破門されてからは稲森会系の組織に移ってる。銃器強奪グループを手引きしたのは、そっちなんじゃないのか？」

「おれじゃねえよ。なんでおれが疑われるわけ⁉」

「前回の『関東十日会』の会合で、俠友会の植草会長は稲森会の仙波会長と派手な口論をした。仙波がそのことを根に持って、俠友会に厭がらせをする気になった。そういうことも考えられなくはない」

「おれは稲森会に移ったけど、俠友会にいた盛田さんには面倒見てもらってたんだ。盛田さんに迷惑がかかるようなことはしねえよ」

「植草は事件当夜、おまえが犯行現場にいたという情報を摑んでると言ってた」

『白菊葬儀社』の倉庫の近くまで行ったことは間違いねえよ。一昨日の夕方、ここのドア・ポストに十万円の入った封筒が投げ込まれてたんだ。手紙は入ってなかった。気味が悪いと思ってたら、正体不明の男から電話がかかってきたんだ。で、葬儀屋の倉庫の斜め前に午後十時ごろ、突っ立っててくれと頼まれたんだよ。そうしたら、後でもう十万円くれると言ったんだ。それで、おれは金欲しさから協力しちまったんだよ」

「もっともらしい言い訳を思いついたな」

「ほんとだって。嘘じゃねえよ」

笹川が叫ぶように言った。

「葬儀屋の倉庫に忍び込んだ奴らの手引きをした覚えはないと言い張るんだな？」

「ああ、そんなことしてねえったら。正体不明の男はボイス・チェンジャーを使ってたんで、声で相手の見当はつかなかった」

「その電話は、おまえの携帯にかかってきたのか？」

「そうだよ。もう着信履歴を消去しちゃったけど、NTTでおれの携帯の通話記録を調べてもらえれば、謎の人物から電話があったことは確認できるはずだ。一昨日の夕方は、その電話しかかかってこなかったからな」

「一応、そっちの携帯のナンバーを聞いておこう」

生方は懐《ふところ》から手帳を取り出した。笹川がゆっくりと電話番号を告げた。生方はメモし、手帳を上着の内ポケットに突っ込んだ。

「あんたは電話をかけてきた男の指示に従ったと言ってるが、残りの謝礼は貰ったのか？」

浜畑が笹川に声をかけた。

「結局、十万円は貰えなかったんだ。おれは騙《だま》されたことに気づいて、携帯の着信履歴をチェックしたんだよ。そしたら、発信先は公衆電話と表示されてた。さっき言ったけど、その履歴はもう記録されてねえんだ。けど、おれは作り話をしてるわけじゃないぜ」

「ドア・ポストに投げ込まれた十万円は？」

「もう遣《つか》っちゃって、一円も残ってねえよ」

「正体不明の男があんたにおかしなことを頼んだという話を鵜呑《うの》みにはできないな」

「信じてくれよ。そいつは、おれが犯人グループを手引きしたように見せかけたかったんだろうな。そうとしか考えられねえよ」

「つまり、銃器強奪は稲森会の犯行と思わせるための偽装工作だったと……」

「そうなんだろうな。おれは俠友会を破門されて、いまは稲森会の一員だからさ。もしかしたら、俠友会の植草会長が狂言を仕組んだのかもしれねえな。稲森会が俠友会に厭がらせをしたと見せかけるためにさ」

笹川が言った。浜畑が口を噤《つぐ》んだ。

「植草が自作自演の芝居をうったんだとしたら、稲森会に喧嘩を売る気になったとしか思えない。しかし、稲森会をぶっ潰すことは難しいだろう」

生方は笹川に顔を向けた。

「確かに俠友会に勝ち目はないやね。けど、植草会長は若い時分から武闘派として鳴らしてきたから、負けるとわかってても我慢ならなかったんじゃねえの？」

「そんな無謀《むぼう》なことをしたら、俠友会は自滅することになる。植草がそこまで捨て身になるかな？」

「そう言われると、返す言葉がねえな」

「稲森会の動きはどうなんだ？　御三家のことを腰抜け扱いした植草に何か仕掛けようとしてたのか？」

「おれは幹部じゃないから、理事たちが何を考えてるのかよくわからねえよ。けど、俠友会なんか歯牙《しが》にもかけてねえ感じだぜ」

笹川が答えた。

その直後、少年一係の紅林良子《りょうこ》巡査長が到着した。四十六歳のベテラン女性刑事は若い制服警官を伴《ともな》っていた。

　生方はダイニング・キッチンに歩を運び、春菜を椅子から立ち上がらせた。経過を小声で良子に語る。

「そういうことなら、親御さんに連絡して、娘さんを引き取りに来てもらいます」

「よろしくお願いします」

「了解！」

　良子が敬礼し、春菜を三〇一号室から連れ出した。

「お世話になりました」

　春菜が礼を言い、ドアを静かに閉めた。生方は居室に戻り、笹川に上体を起こさせた。

「おれはどうなるんでぇ？」

「家出娘は、おまえを告訴するかどうかまだ迷ってる。親告されたら、素直に罪を認めるんだな」

「どっちかはっきりしねえと、なんか落ち着かねえな」

「ひとまず、きょうのところは引き揚《あ》げる。少しは反省しろよ」

「わかりました」

　笹川が、しおらしく言った。

生方は浜畑に目配せして、先に三〇一号室を出た。『カーサ新大久保』は、三階建てのミニマンションだった。エレベーターは設置されていない。

生方たちは階段を下った。ミニマンションを出たとき、露木警部から電話がかかってきた。

「何か収穫はあったか？」

「ええ、少しばかりね」

生方は聞き込みの結果を報告した。

「笹川が苦し紛《まぎ》れの作り話をしたとは思えないな。稲森会の仙波会長と会った部下から少し前に報告があったんだが、武器強奪や娼婦の拉致には関与してる気配はうかがえなかったらしいんだ」

「そうですか。取り調べ中の盛田は、相変わらず黙秘権を行使してるのかな？」

「そうなんだよ。盗られた銃器《ギ》の持ち主については、頑《かたく》なに口を割ろうとしないんだ。それからな、朝霞駐屯地周辺の聞き込みに行った連中も収穫はなかったらしいよ」

「露木さん、宮内の鑑取りの成果は？」

「おたくの国松君たちが宮内一樹の友人や知人、それから親兄弟に接触したんだが、これといった手がかりは摑めなかったそうだ」

「そうですか。われわれは、これから高級売春クラブを管理してた侠友会羽柴組の事務所に回って、消息不明の九人の娼婦のことを詳しく聞いてきます」

「わかった」

露木が電話を切った。生方は覆面パトカーに足を向けた。

4

組事務所は西新宿四丁目にあった。

四階建ての細長いビルだった。

侠友会羽柴組である。プレートには、羽柴商事と記《しる》されているだけだ。

だが、監視カメラが三台も設置されていた。一階と二階の窓の半分は、分厚い鉄板で塞《ふさ》がれている。見る人が見れば、すぐに暴力団の組事務所とわかるだろう。

生方は浜畑刑事を伴《ともな》って、組事務所に足を踏み入れた。

一階の事務フロアには、八卓のスチール・デスクが置かれている。二十代の男が四人いた。いずれも背広姿だが、荒《すさ》んだ印象を与える。

「どちらさん？」

髪をオールバックにした二十七、八の男が、挑《いど》むような眼差《まなざ》しを向けてきた。生方は無言で顔写真付きの警察手帳を提示した。

居合わせた男たちが一斉《いっせい》に身構えた。

「家宅捜索《ガサイレ》じゃないから、安心しろ。組長の羽柴健人《けんと》に訊きたいことがあるだけだ。羽柴はどこにいる？」

「奥の社長室にいますが、ちょっと待ってくださいよ。令状《オフダ》がないんだったら、事情聴取には応じなくてもいいはずですよね？」

「引っ込んでろ」

「え？」

「裁判所から令状取ってほしいか？　叩けば埃《ほこり》が出るんだから、堅気みたいなことを言うな」

「しかし……」

「邪魔するぞ」

生方は相棒の浜畑を目顔《めがお》で促《うなが》し、奥に進んだ。

社長室は最も奥まった所にあった。

生方は軽くノックをした。応答を待たずに、勝手に社長室に入る。

ソファのほぼ真ん中に羽柴組長が腰かけていた。

生方は生活安全課時代に羽柴とは一度会っている。四十五歳の羽柴は中堅私大を中退後、すぐに俠友会に入った。商才があるようだ。三十代の半《なか》ばには自分の一家を構えている。

羽柴の腿《もも》の上には、二十三、四の美女が跨《また》がっていた。組長とは向き合う形だった。彼女のブラウスの前ははだけ、ミニスカートの裾《すそ》も大きく捲《まく》られている。

「おたくは新宿署の生方さんだったよね？」

羽柴が先に口を切った。

「そうだ。新入りの高級娼婦の味見をする気だったようだな？」

「何を言ってるんです!?」

「植草会長に教えられたんだよ、あんたが高級売春クラブを管理してるってな」

「会長は何か勘違いしてるんだろう。おれは、管理売春《マメノシル》なんかやってねえぞ」

「悪いが、ちょっと席を外してくれないか」

生方は、しどけない恰好《かっこう》をしている女に声をかけた。

相手が怯《おび》えた顔で羽柴の膝から下り、手早く身繕《みづくろ》いした。じきに彼女は社長室から出ていった。

「坐らせてもらうぞ」

生方は羽柴に断って、ソファに腰を沈めた。浜畑が生方の左隣に坐る。

羽柴がうっとうしそうな表情で溜息《ためいき》をついた。

「なんなら、植草会長に確認の電話をしてもかまわないぞ」

生方は羽柴を見据《みす》えた。

「わかった。こっちの負けだよ。しかし、会長は羽柴組《うち》の裏ビジネスのことをなんでおたくに喋っちまったのかな？」

「捜査に協力しなかったら、会長は自分が不利な立場に追い込まれると判断したんだろう。暴力団を仕切ってる親分は埃まみれだろうからな」

「それにしても、ちょっと情《じょう》がねえな。こっちは会長に恥をかかせちゃいけねえと思って、せっせと上納金を届けてたのに」

羽柴がぼやいた。

「会長の話によると、高級娼婦が九人も先月から次々に姿をくらましたんだってな？」

「ええ、まあ」

「植草会長は稲森会が厭《いや》がらせで、九人のコール・ガールを拉致したと疑ってた」

「稲森会がなんでそんなことを!?」

「前回の『関東十日会』の会合の席で、植草は御三家が東京に進出してる関西勢力に及び腰だと非難したらしい」

　生方は詳しい話をした。

「そういうことがあったとしても、うちで管理してるエスコート・ガールを九人も引っさらうとは思えねえな。会長の推測は見当外れだと思うよ。稲森会は御三家の一つなんだぜ。そんなチンケなことするとは考えられない」

「そっちは、どう思ってるんだ？　九人の高級娼婦が消息不明になったことを……」

「断定はできねえけど、消えた女どもは誰かにおいしい話をちらつかされて、自分らの意思で行方をくらましたんじゃねえのかな？　拉致されたと見せかけたのは、おれたち組の者に連れ戻されたくなかったからだろう。女どもを唆《そそのか》したのが神戸の巨大組織だとしたら、こっちはとことん追い込みはかけられないからな。相手は手強《てごわ》い連中だから、抗争になったら、羽柴組《うち》なんか苦もなく潰されちまう」

「そうなったら、植草会長は黙ってないでしょ？　会長は武闘派なんですから」

　浜畑が話に割り込んだ。

「確かに植草会長は血の気が多いし、関西の巨大組織が関東の御三家をなめきってると腹を立ててる。しかし、向こうは正規の組員だけでも二万人以上もいるんだ。俠友会じゃ、とても太刀打《たち》できねえよ。仮に御三家が侠友会を助《す》けてくれても、おそらく勝ち目はないだろう」

「そういうことなら、組長は失踪した九人のことは諦《あきら》めるつもりなんですね？」

「九人とも稼ぎがよかったんで、もったいないとは思うよ。けど、神戸を敵に回すほど度胸はねえな。悔《くや》しい話だけどさ」

「いなくなった九人の女は、住んでたマンションを引き払ってるのか？」

生方は羽柴に問いかけた。

「いや、九人とも借りてる自宅マンションはそのままにして、行方をくらましたんだ。売春クラブの支配人が女どもの部屋を調べたら、衣類も家具もそのままだったらしい。ただ、高価な貴金属、預金通帳、カードなんかはすべて持ち出されてたというんだよ」

「だから、あんたは九人が自ら姿を消したと思ったんだな？」

「そうなんだ。サウジアラビアかブルネイの石油王あたりが九人の女を契約愛人にする気なんじゃねえかな？　年間それぞれに一億円の手当をあげるとか言ってさ」

「消えた娼婦たちは一日にひとりしか客を取ってなかったんだろう？」

「もちろん、そうだよ。高級エスコート・ガールだからな」

「プレイ代は、いくらなんだ？」

「三時間コースで三十万、泊まりは五十万だね」

「組の紹介料《カスリ》は？」

「マネージメントは稼ぎの三割だよ。稼ぎのいい女は月に八百万円近く売上を上げてたが、実質的な収入は五百数十万だね。稼ぎの少ない娘《こ》でも、四百万円ぐらいは懐に入ってたはずだよ。売れないモデルやＴＶタレントをやってたら、九人ともそんなには稼げなかっただろうな。だから、女たちは組に感謝してた」

「自己弁護か」

「お股でそんだけ稼げりゃ御の字なんだと思うけどさ、人間は欲が深いからな。ピンハネなしで年に一億も出してくれるというパトロンが現われたら、気持ちが動いちゃうよね。世の中にはさ、銭《ぜに》を持ってる男がいるんだよ。十年も不能《インポ》だった大手製菓会社の創業者の爺《じい》さんをみごとにエレクトさせた女なんか感謝されて、六百万以上もするＢＭＷをプレゼントされたんだ」

「客は成功者ばかりだったんだな？」

「そうだね。政財界の大物が多かったが、エリート官僚、人気テレビ司会者、元ニュースキャスター、有名な演歌歌手やプロ野球選手なんかもいたよ」

「消えた九人の氏名と現住所、それから客のリストを出してくれ」

「それは勘弁してよ。いまは売春クラブは閉店休業なんだからさ」

「協力しなかったら、新宿署《うち》の生安課に手入れさせることになるぞ。それでもいいのかい？」

「女と客のリストを出せば、お咎《とが》めなしってことにしてもらえるんだな？」

羽柴が探るような目を向けてきた。

「そのあたりは察しがつくだろうが？」

「まあね。えへへ」

「生方さん、日本では司法取引は認められてないんです。それはまずいでしょ？」

「おれに任せろ」

「しかし……」

浜畑が遠慮がちに異論を唱《とな》え、口を閉ざした。

「そういうことなら、協力しなくちゃね」

羽柴がソファから立ち上がり、両袖机《りようそでづくえ》の向こうに回り込んだ。すぐに屈《かが》み込んで、スチール・キャビネットの扉《とびら》を開けた。

生方は煙草をくわえた。

半分ほど喫《す》ったとき、羽柴が戻ってきた。生方は高級娼婦と客のリストを受け取った。

九人のコール・ガールの顔はカラープリントされ、源氏名《げんじな》、年齢、体のスリーサイズが記入されている。いずれも若くて美しい。

客たちの名簿を見て、生方は驚いた。揃って知名度が高かった。各界の著名人ばかりだ。

「高級娼婦を抱いた有名人にプレイ代を払わせただけじゃないんだろ？」

「え？」

「情事の一部始終をＣＣＤカメラで盗み撮《ど》りして、後日、まとまった口留《ど》め料をせしめてたんじゃないのか？」

「おたく、おれを怒らせたいのかっ。チンピラみたいなことはしねえよ。客たちには気持ちよく遊んでもらってたんだ。強請《ゆすり》めいたことは一度もしてねえ。見損《みそこ》なわねえでくれ」

羽柴が顔をしかめた。

「それは立派な心掛けだ。ところで、売春クラブの支配人の名は？」

「宍戸諭《ししどさとし》って男だが……」

「そいつをすぐ組事務所に呼んでくれ」

「おたく、おれを騙《だま》しやがったな。宍戸を逮捕《パク》るつもりなんだろうが！」

「そうじゃない。九人の高級娼婦のことを聞くだけさ」

「ほんとだな？」

「ああ。超高級売春クラブの支配人をここに呼んでくれるな？」

生方は羽柴の顔を直視した。

羽柴が気圧《けお》されたらしく、すぐに目を逸《そ》らした。上着の内ポケットから携帯電話を取り出し、数字キーを一度だけ押した。短縮番号だろう。

「ああ、おれだ。すぐに事務所に来い！　何分ぐらいで、こっちに来られる？　そうか、わかった」

羽柴は数十秒で通話を切り上げた。

「どのぐらいで宍戸は来るんだ？」

「十二、三分後には、こっちに顔を出すと言ってたよ」

「そうか」

「所轄の刑事課と本庁捜一の捜査員がコンビで訪ねてきたわけだから、捜査してるのは風俗事犯じゃないやね？　殺人事件の捜査なんでしょ？」

「そうだ。きのうの夜、新宿プリンセスホテルの地下駐車場で元刑事が射殺された事件は知ってるな？」

「ええ。テレビのニュースで知ったんだ。殺されたのは、以前、新宿署にいた宮内って男だよな?」

「ああ。おれは宮内から時々、情報を得てたんだ。昨夜《ゆうべ》、おれたちはホテルの一階ロビーで落ち合うことになってた。宮内はおれに会う前に何者かに射殺されたんだよ」

　生方は言った。

「そうなのか。なぜ宮内は撃たれることになったんだい?」

「思い当たることはあるんだ。きのう、宮内は電話でおれに一昨日《おととい》の晩、俠友会の元組員の盛田んとこの葬儀屋の倉庫が誰かに荒され、柩の中に隠してあった拳銃、自動小銃、短機関銃が計三十二挺奪われたことを教えてくれたんだよ。宮内は、強奪犯に心当たりがあったんだろう」

「その話は俠友会の理事から聞いてるが、盛田は四年も前に堅気《ネス》になってたんだ。そんな物騒《ぶっそう》な物を隠し持ってたなんて信じられねえな」

「盛田は昔の仲間に頼まれて、おそらく銃器を預かってただけなんだろう。葬儀屋の社長は俠友会の二次組織の青柳《あおやぎ》組にいたんだったよな?」

「ああ。けど、盛田は足を洗ってからは青柳組の連中とはつき合ってなかったって話だぜ」

「そうか。俠友会の下部団体《エダ》の中で武器《ドウグ》を盛田に預けそうな組はどこだ?」

「わからねえな。同じ侠友会の人間でも、そういうことは他人《ひと》には喋らねえからさ。羽柴組《うち》じゃねえぜ。おれたちは正業に力を入れてるから、拳銃《チャカ》も日本刀《ポントウ》も必要ねえんだ」

羽柴が、にっと笑った。

「盛田に銃器を預けた組織に見当はついてるはずだ。正直に話してくれ」

「おれは何も隠しごとなんかしちゃいねえ」

「そうかな？」

「そんな目で見ねえでくれ」

「羽柴、さっきの話はなかったことにしよう。やっぱり、管理売春は取り締まらないとな。おれたちは法の番人なわけだから」

「き、汚《きたね》えぞ。やっぱり、おれを嵌《は》めやがったんだなっ」

「おれはそれほど話のわからない男じゃないと思ってる。魚心あれば、なんとかだよ。言ってる意味、わかるな？」

「わかってらあ」

「なら、教えてくれ。『白菊葬儀社』の倉庫に三十二挺の銃器を預けてたのは、青柳組じゃないのか？」

「…………」

「どうなんだっ」

生方は声を張った。

「はっきりとは言えねえけど、多分、そうなんだろう。青柳組が警察《サツ》の手入れを警戒して、いろんな武器を元組員たちの自宅やオフィスに分散してるって噂は耳にしたことがあるから。けど、真偽はわからねえぜ。単なる噂なのかもしれねえしさ」

「その回答で充分だ」

「いま喋ったこと、オフレコにしてくれよな」

羽柴が言った。生方は黙ってうなずいた。かたわらの浜畑刑事が生方に蔑《さげす》むような眼差《まなざ》しを向けてきた。

（相棒はまっすぐな性格だから、法律の向こう側にいる連中と駆け引きもできないんだろう）

生方は胸底《きようてい》で呟《つぶや》いた。

「噂通りだとしたら、青柳組の人間が元刑事を始末したのかね？」

羽柴が口を開いた。

「まだ何とも言えないな」

「もし青柳組が宮内を始末したんだったら、ばかな真似をしたもんだ。警察は結束力が強いから、殺されたのが元刑事であっても一丸となって、犯人捜しをするだろうからな。警察を本気で怒らせたら、どんな組もたちまち潰されちまう。青柳組の組長《オヤジ》も焼きが回ったみてえだな」

「そうなのかもしれない」

生方は口を引き結んだ。

それから間もなく、社長室のドアがノックされた。羽柴が大声で確かめた。

「宍戸か？」

「そうです」

「入りな」

「はい」

ドアが開けられ、三十五、六の細身の男が入室した。筋者《すじもの》には見えない。商社マンでも通りそうだ。

超高級売春クラブの支配人はおどおどしながら、羽柴の隣に腰かけた。生方たち二人は身分を明かした。宍戸は一段とびくつきはじめた。

「そんなにビビらなくてもいい。警察の人は、急に姿を消した九人のエスコート・ガールのことを知りたがってるんだ。おまえが手錠《ワッパ》打たれることはねえよ」

羽柴が宍戸に声をかけた。ようやく宍戸は、安堵《あんど》した顔つきになった。

「消息不明の九人の女は自宅はそのままにして、突然いなくなったんだって？」

生方は宍戸に話しかけた。

「ええ、そうです。九人とも貴重品だけ持って、それぞれ慌《あわ》てて自宅マンションを出たみたいですね」

「彼女たちが客の男と揉めたことはなかったのかな？」

「そういうことはなかったはずです。アブノーマルなプレイを要求されて、わたしに文句を言う娘《こ》はいましたけどね。たまにエスコート・ガールの体に小便を引っかけないと、性的に興奮しない客がいるんですよ。アナル・セックスしかしたがらない方もいますね」

「九人はＯＬの数十倍も稼いでたんだって？」

「ええ、そうですね。でも、九人とも金遣《づか》いが荒かったし、異常なほど金銭欲が強かったんですよ」

「九人が誰かに拉致されたとは思えない？」

「ええ、それは考えられませんね。多分、彼女たちは前代未聞の好条件で、契約愛人か何かになったんでしょう。たとえば、老資産家に年間億単位の手当を出すからと言われて、その気になったとかね」

「そうなんだろうか。しかし、いくら女好きのリッチマンでも九人を囲《かこ》うことはできないだろう？」

「そうではなく、それぞれにパトロンがついたんでしょうね。世の中には自分の子供や孫と折り合いが悪くて、何十億円という遺産をお手伝いさんや区に寄贈してしまう方もいますから」

「そうだな」

「行方のわからなくなった九人はどうせ体で稼ぐなら、もっと効率のいい仕事で手っ取り早く大金を手に入れたくなったんでしょう。わたしはそう考えて、新しい娘たちを……」

宍戸が口ごもった。

「すでにスカウトしはじめてるようだな？」

「ええ、まあ」

「どっちも抜け目がないね」

生方は皮肉を言って、娼婦と客のリストを手に取った。相棒に目配せし、先にソファから立ち上がった。

社長室を出て、組事務所の出入口に向かう。表に出るなり、浜畑が詰《なじ》るような口調で喚《わめ》いた。

「生方さんは、羽柴組の売春ビジネスに目をつぶってやるんですかっ」

「そんなことはしないさ。署に戻ったら、生安課の箱崎《はこざき》課長に超高級売春クラブのことを教えて、近日中に摘発してもらうつもりだ」

「ということは、最初っから羽柴組長を騙すつもりだったんですね？」

「ああ、そうだ」

「そうだったのか。わたし、生方さんはすっかり変わってしまったんだと、かなり……」

「失望したし、軽蔑もしてたんだろうな。強《したた》かな連中を相手にするときは、こっちも狡《ずる》くならないとね。もちろん、一般市民にさっきみたいな手は使えないがな」

「ええ、そうですね。いい勉強になりました」

「青柳組に行ってみよう」

生方は覆面パトカーに足を向けた。助手席に乗り込んだとき、捜査本部の露木警部から電話がかかってきた。

「やっと盛田が落ちたよ。俠友会青柳組に頼まれて、三十二挺の銃器を倉庫の柩の中に隠してたことを認めたんだ」

「こっちも、ようやく銃器の持ち主が青柳組らしいと目星をつけて、これから組事務所に行こうと思ってたんですよ」

生方は経過をかいつまんで伝えた。

「そういうことなら、行方をくらました九人の高級娼婦は銃器強奪事件とは無関係なんだろう。そうだ、大事なことが後回しになってしまったな。盛田の供述によると、預かった十五挺の拳銃《ハンドガン》のうち三挺はS&W386マウンテン・ライトだったというんだ」

「それじゃ、やっぱり銃器強奪犯が宮内を射殺したんだな」

「多分、そうなんだろう。同型の軽量リボルバーは裏社会に数多く出回ってるわけじゃないからな」

「ええ、そうですね」

「青柳組が銃器を盛田に預けてることを宮内に知られたんで、口を封じたんだろうか」

「そういう筋の読み方もできますが、おれは朝霞駐屯地からロケット・ランチャーと砲弾が盗まれた事件と宮内の死はどこかでリンクしてるような気がしてるんですよ」

「ああ、その線も考えられるな。だから、一時間ほど前に埼玉県警本部にロケット・ランチャー強奪事件の捜査資料を提供するよう申し入れたんだ。しかし、ファックス送信されてきたのは新聞報道に毛が生えた程度のものだったんだよ」

「そうですか。神奈川県警ほどではありませんが、埼玉県警や千葉県警も警視庁にはライバル意識を燃やしてますからね」

「そうなんだよな。だからさ、防衛省情報本部に協力してくれるよう頼んでおいたんだ」

露木が言った。

かつて日本のCIAと呼ばれていた陸上自衛隊幕僚監部調査部別室を指揮してきた内閣調査室の歴代の室長は、警察庁からの出向者が務《つと》めていた。組織再編で防衛省情報本部になっても、その人事パターンは変わっていない。警察庁の幹部の大半は、警視庁寄りだ。

「防衛省情報本部なら、かなり協力してくれるでしょう。ロケット・ランチャーなんかを盗《ぎ》った犯人グループがどんなふうにセキュリティ・システムを破って、どこから侵入し、どう逃亡したのか教えてくれるかもしれません。もちろん、犯人たちの数もね」

「生方は少し楽観的だな。防衛省情報本部だって、警視庁に先を越されたら、面目丸潰《まるつぶ》れじゃないか。しかし、埼玉県警ほど素っ気ない対応はしないだろうな」

「それを期待しましょう」

「捜査班に連絡をして、これから青柳組の組長を任意で引っ張る。盛田が口を割ってるんだから、すぐに銃器を預けたことは認めるだろう。いったん捜査本部《こっち》に戻ってきてくれよ」

「了解！」

生方は電話を切り、運転席の浜畑に新宿署に戻るよう指示した。

スカイラインが穏《おだ》やかに走りはじめた。

第二章　消えたフリーターたち

1

エレベーターが停まった。

四階だった。新宿署である。生方たち二人は函《ケージ》から出て、生活安全課に向かった。

「おまえ、先に羽柴組の売春クラブのことを箱崎課長に話しといてくれ」

生方は廊下を歩きながら、相棒の浜畑に言った。

「わかりました。生方さんは少年一係に行って、家出娘の春菜の保護者が迎えにきたかどうか確認するんですね？」

「そうだ。箱崎さんに連絡事項を伝えたら、先に五階の捜査本部に戻っててくれ」

「はい、そうします」

浜畑が応じた。

二人は生活安全課の刑事部屋に入った。箱崎義海《よしみ》課長の席は左手の奥にある。課長は四十一歳で、有資格者《キャリア》の警視だ。エリートだが、少しも偉ぶったりしない。ただ、行政官の弱さで、現場捜査には疎《うと》かった。

浜畑が課長席に足を向けた。

生方は風紀捜査係のフロアに歩を進めた。新係長になった長谷部《はせべ》剛《つよし》警部補が生方に気づき、表情を明るませた。

「やあ、お帰りなさい」

「そう言われても、三月までおれが使ってたデスクには長谷部が向かってるじゃないか」

「あんまりいじめないでくださいよ」

「五人の部下が見当たらないようだが……」

「三井《みつい》たちは、桜通りの個室ビデオ店の内偵捜査をやってるんです」

「そうか。おまえに点数稼がせてやろう、手土産《てみやげ》代わりにな。俠友会羽柴組が超高級売春クラブをやってたんだ。そのことを本庁の浜畑が箱崎課長に報告しに行ってる。組長の羽柴健人と売春クラブの支配人の宍戸諭は確実に検挙できるだろう」

「生方さんが、なぜ風俗犯の捜査をしてるんです⁉」

「実はな……」

生方は経緯《いきさつ》を手短に話した。

「殺された宮内さんとは何度か一緒に酒を飲んだことがありますよ。俠気《おとこぎ》があって、頼りになる男性《ひと》だったのに」

「捜査に私情を挟む気はないが、一種の弔《とむら》い合戦と思ってるんだ。元刑事が射殺されたわけだからな」

「宮内さんが電話で言いかけたという二つの未解決事件のことも引っかかりますね」

「そうなんだ。いったい宮内はどんな事件《ヤマ》を調べてたのか。そっちの件で、あいつは命を奪われることになった可能性も否定できないからな。捜査が暗礁に乗り上げたら、二つの未解決事件のことを調べてみるよ。かつての部下たちによろしく言っといてくれ」

「わかりました」

長谷部が大きくうなずいた。生方は、奥にある少年一係のコーナーに歩み寄った。係長の進藤しかいなかった。

「笹川のマンションで保護した家出娘は、もう親に引き取られたんですか？」

生方は進藤に問いかけた。

「そうじゃないんだ。塩瀬春菜の両親は家業の精肉店が忙しいんで、娘の引き取りにはいけないと言ったんだよ。それで、紅林巡査長に春菜を宇都宮の家まで送らせたんだ」

「なんて親なんだ。無責任すぎる」

「生方君の言う通りだね。地方の小売り店の経営は厳しいようだが、自分たちの娘が家出して、やくざに騙《だま》されそうになったんだ。どちらかが娘を迎えにきてもよさそうなんだがね。親失格だな、父母とも」

「そうですね」

「しかし、ま、よかったよ。生方君たちが笹川の自宅マンションに行ってなかったら、おそらく春菜って娘《こ》は体を穢《けが》されて、いかがわしい風俗店で働かされることになってたんだろうからな」

「ええ、そうなってたと思います。景気が低迷してるから、大人も大変なんでしょうが、不安定な年頃の子供のことも少しは考えないとな」

「同感だね。学校にも家庭にも安らぎがなかったら、若い子たちは投げ遣《や》りな気持ちになってしまうさ」

「そうですね」

「生方君、なんか生き生きとしてるね。やっぱり、きみには強行犯係が適《あ》ってるんだな。何年か新宿署《ここ》の刑事課で頑張れば、本庁の捜一に戻れると思うよ。ところで、捜査本部事件はどうなんだい？」

「少し解決に時間がかかるかもしれませんね」

「そうか。でも、生方君なら、宮内一樹を殺《や》った犯人を必ず割り出せるだろう」

「全力を尽くします」

「捜査本部《チョウバ》が解散になったら、二人で一杯飲《や》ろう」

進藤が言った。生方は笑顔でうなずき、箱崎課長の席に足を向けた。浜畑の姿は見当たらない。

「羽柴組の管理売春の情報、ありがとう。明朝、羽柴と宍戸の逮捕令状を裁判所に請求するよ」

「少しはお役に立てたかな？」

「大いに救《たす》けられたよ。生方君が刑事課に移ったんで、なんとなく心細くなってたんだ。新任の長谷部係長も進藤さんも職務に励んでくれてるんだが、やはり生方君が頼みの綱《つな》だったからね」

「長谷部も進藤さんも優秀な刑事です。二人に任せておいても大丈夫ですよ」

「そうなんだがね」

箱崎課長が言って、複雑な顔つきになった。

「超高級クラブで働いてた九人の娼婦が先月から相次《あいつ》いで姿をくらましてるんですよ。多分、好条件な別の仕事をする気になったんだと思いますが、彼女たちのことで何かわかったら、教えてください」

「もちろん、刑事課には協力するよ」

「よろしくお願いします」

生方は生活安全課を出ると、階段を使って五階に上がった。

捜査本部に入る。庶務班と鑑識班のメンバーが出前のカツ丼を食べていた。夕食だ。

「生方、ご苦労さん！　ちょっと来てくれ」

露木警部が大声で言った。生方は露木と向かい合う位置に坐った。

「捜査班の連中がもうじき青柳浩司《こうじ》を任意で引っ張ってくるはずだ。おれが刑事課の取調室で組長と対談する。そっちは隣の監視室でマジック・ミラー越しに取り調べの様子をうかがってくれ」

「わかりました」

「必要なら、いつでも取調室に入ってきてもかまわない。記録係は、そっちの部下の沖巡査部長にやらせよう。別に異論はないだろう？」

「ええ」

「それからな、防衛省情報本部から少し前にファックス送信があった。マスコミ報道では盗まれたのはロケット・ランチャーとかグレネード・ランチャーとか表現されてたが、五基とも携行式《けいこう》の対戦車軽量兵器だったんだ」

露木がそう言い、ファックス・ペーパーの束《たば》を差し出した。生方は受信紙を受け取り、すぐに目を通しはじめた。

朝霞駐屯地から奪われたのは、英国で開発されたＬＡＷ80だった。単発式の短射程用の対戦車火器だ。低コストの使い捨て軽量兵器である。

折り畳んでしまえば、全長はたったの一メートルだ。発射筒を引き伸ばしても、一・五メートルしかない。肩撃ち型だった。

重量は八・八キロで、砲弾は九十四ミリである。有効射程は最大で五百メートルだ。近距離から戦車を攻撃すれば、高い確率でロケット弾を命中させられる。

「そこにも書いてあるが、犯人グループは駐屯地に空から侵入したようなんだ。フェンスにはまったく破損箇所はなかったらしいからな。事前に駐屯地のセキュリティ・システムを狂わせて、アラームが鳴らないようにしておいたんだろう」

「犯人は複数だったんでしょうね？　五基のＬＡＷ80と二十発の九十四ミリ弾を単独で運び出せるわけないから」

「少なくても二人、いや、三人組だったのかもしれない。謎なのは、どうやって駐屯地に忍び込んだかなんだ。犯人グループが高いフェンスを乗り越えた痕跡はまったくないようなんだよ。ヘリコプターを武器庫の数百メートル上空で空中停止《ホバリング》させといて、ロープを伝ったんだろうか」

「ヘリは使ってないでしょう？　ローター音は消せませんからね」

「そうだな。エンジン付きのパラ・プレーンも使えないか」

露木が言った。

「でしょうね。小型とはいえ、パラ・プレーンにはエンジンが付いてますから」

「生方、どんな方法が考えられる？」

「巨大な洋凧《カイト》にロープを垂らして、犯人たちは駐屯地に侵入したんじゃないのかな？」

「真夜中にそういう方法ならば、侵入はできそうだな。しかし、武器庫から盗《ぎ》った五基のLAW80と二十発の九十四ミリ弾をどうやって、持ち去るんだい？」

「大の大人の体重を支えられる巨大な凧なら、ロープで括《くく》りつけた五つのLAW80や砲弾も持ち上げられるでしょう」

「そうやって犯人グループは奪った兵器と砲弾を先に吊《つ》り上げてから、駐屯地の外に逃れたのかね？」

「そうなのかもしれません」

「しかし、先月、関東地方に強い風が吹いた夜はないと思うがな」

「駐屯地から外れた場所で大型送風機を回したのかもしれないな。その周辺に民家がなければ、巨大凧を夜空に舞わせられるでしょ？」

「理論的には、そういうことも可能なのかもしれない。しかし、巨大凧から垂らしたロープにぶら提《さ》がって駐屯地内に下降するなんてことは危険すぎる。軽業師《かるわざし》じゃなければ、そんな真似《まね》はできない」

『SAT《サット》』や陸自のレンジャー部隊で特殊な訓練を受けた者なら、そのぐらいの芸当はこなせるんじゃないのかな？」

「そうだろうか」

「露木さん、LAW80をかっぱらったのは陸上自衛隊の関係者とは考えられませんかね？」

「駐屯地のセキュリティ・システムも作動しないように細工されてたから、そういう可能性もありそうだな。内部の者が犯人グループに手を貸したんだろうか」

「そうじゃないとしたら、犯人グループの中に凄腕《すごうで》のハッカーやクラッシャーがいたんでしょうね。現にアメリカやヨーロッパの先進国の軍事機関、公官庁、大企業のシステムに天才的なハッカーが潜《もぐ》り込んで、さまざまな悪さをしてます」

「そういう話は聞いてるよ。しかし……」

「ハッカーたちの多くは最新のセキュリティ・システムを破ることに、無上の歓《よろこ》びを感じてるようです。だから、知恵を絞って、何がなんでも目的を達成したくなるんでしょう」

「そういう奴らは、自分が世界を支配してるとでも思ってやがるんだろう。それはそうと、ロケット・ランチャーを盗み出した犯人グループに陸上自衛隊の関係者がいたとしたら、軽量兵器を奪った目的は何なんだろうな?」

「この資料によると、LAW80はそれほど高い兵器ではないようです。盗んだロケット・ランチャーを横流しして、小遣いを稼ぐ気ではないんでしょう」

「いまの世の中は閉塞感《へいそくかん》で息が詰まりそうなんで、何かアナーキーなことをやりたいと考えてるんだろうか」

「官僚主導の政治が日本を借金国家にしてしまったと思ってる人間は少なくありませんから、歪《ゆが》んだ形で世直しをしたいと考える者がいても少しも不思議じゃないな」

「『白菊葬儀社』の倉庫から三十二梃の銃器を盗み出した奴らと朝霞の事件の犯人が同一なら、そいつらはアナーキーな騒ぎを引き起こすつもりでいるんだろう」

「そうなのかもしれません」

生方は同調した。

そのとき、捜査班の本庁刑事が捜査本部に入ってきた。露木の部下で、土屋翔《つちやしょう》という名だった。三十五歳で、巡査部長である。

「青柳が到着したか？」

露木が土屋に確かめた。

「はい。刑事課の取調室3に入れてあります」

「すぐに行く。所轄の沖刑事に供述調書を取ってもらう。おまえ、そのことを伝えといてくれよ」

「わかりました」

土屋が下がった。

「カツ丼、もう冷えちゃっただろうが、先に喰ってくれ」

「青柳が落ちたら、一緒に食べましょう。ひとりで掻《か》っ込んでもうまくありませんから」

「そうするか」

「一服したら、監視室に入ります」

生方は言った。

露木が立ち上がり、捜査本部から出ていった。

生方はキャビンをくわえた。半分ほど喫《す》ったとき、鑑取り班の捜査員たちが戻ってきた。二人だった。

「宮内が去年まで交際してた女性から何か手がかりは？」

生方は部下の相沢に訊いた。

「残念ながら、収穫はありませんでした。小糸忍《こいとしのぶ》は被害者と別れてからは、まったく連絡を取り合っていないとのことでした。初夏には見合い相手と結婚すると言ってましたから、事実その通りだったんでしょう」

「そうだろうな。千住《せんじゅ》にある宮内の実家に、また行ってくれたな？」

「ええ、行きました。被害者の両親と実弟に再度確かめましたが、誰もデジカメのメモリースティックやICレコーダーは預かってませんでしたね。それから、被害者が二つの未解決事件を個人的に調べてた様子もうかがえなかったそうです」

「そうか。宮内が同業者や依頼人と何かで揉めてたこともないんだな？」

「はい」

「わかった。庶務班の者がカツ丼を出前してもらったんだ。それを喰ったら、今夜は自宅でゆっくり寝《やす》めよ」

「そうさせてもらいます」

相沢が本庁のベテラン刑事と一緒に遠ざかった。

生方は指先に熱さを感じた。キャビンはフィルターの近くまで灰になっていた。慌《あわ》てて煙草の火を消す。

そのすぐあと、地取り班のコンビが二組戻ってきた。先に捜査本部に入ってきた二人は、『白菊葬儀社』の倉庫周辺で再度聞き込みに当たっていた。事件当夜、やはり現場付近で怪しい者を目撃した人物はいなかったそうだ。

倉庫には、防犯カメラは設置されていなかった。壊されたダイヤル錠には、犯人と思われる人物の指掌紋《しょうもん》は付着していなかった。庫内から遺留品は発見されていない。

新宿プリンセスホテル周辺で聞き込みをやり直したコンビも、犯行時に不審な人物を見たという目撃証言は得られなかったらしい。

「それじゃな、明日、ホテル周辺のテナントビルや商店から犯行当夜の防犯ビデオをできるだけ多く借りてきてくれ」

生方は部下の国松に言って、捜査本部室を出た。階段で三階まで下り、取調室3に接続している狭い監視室に入った。

矩形《くけい》のマジック・ミラーの向こうに、取調室3が透《す》けて見える。露木警部は灰色のスチール・デスクを挟んで青柳組の組長と対峙《たいじ》していた。

四十九歳の青柳は地味な色の背広を着込み、きちんとネクタイを結んでいた。腕組みをして、天井の一点を凝視《ぎょうし》している。

沖刑事は隅の机に向かい、ノートパソコンのキーボードに両手を翳《かざ》していた。ディスプレイには、わずかに数行しか文字は打ち込まれていない。

「盛田社長は、あんたに頼まれて拳銃、自動小銃、短機関銃を合わせて三十二梃預かったことを認めてるんだぜ」

「………」

「あんたは組長なんだ。下っ端の組員じゃないんだから、潔《いさぎよ》さを見せてくれよ。もう観念しろって。な、親分!」

「盛田が自白《ウタ》ってるんじゃ、粘《ねば》っても意味ないやね?」

青柳が腕組みをほどいた。

「やっと認める気になったか。三十二梃の内訳を教えてくれよ」

「拳銃はマカロフが三つ、トカレフが五梃、S&W386マウンテン・ライトが三梃、グロック19二梃、ベレッタ92FSが二梃だったと思う」

「自動小銃《ライフル》は、アメリカ製のM16あたりなのか?」

「そう。M16A2《ツウ》カービンだよ。M203グレネード・ランチャー付きのやつがちょうど十梃だ。残りの七梃は短機関銃《サブマシンガン》で、ウージーが四梃、ベレッタM12が三梃だよ」

「入手ルートは？」

「ハシムってパキスタン人の男から二年ぐらい前に買ったんだよ、銃弾《コドモ》と一緒にな。ハシムは本国で知り合いの武器商人から買い集めて、解体した部品を工作機械に紛《まぎ》れ込ませてから、日本に送ってくれたんだ」

「そいつのことを詳しく教えてくれ」

「ハシムって通称しかわからねえんだ。年齢は三十六、七だよ。奴は、もう日本にはいねえ。偽造パスポートでインドネシアに潜《もぐ》り込んだって噂だよ」

「以前、この新宿署にいた宮内一樹って元刑事が新宿プリンセスホテルの地下駐車場で射殺されたんだよ。凶器はS＆W386マウンテン・ライトだった。宮内はな、撃たれる前に知り合いの刑事に『白菊葬儀社』の倉庫に隠されてた三十二梃の銃器がそっくり何者かに盗まれたという情報を伝えてくれてたんだ」

「何が言いたいのか、おれにはわからねえな」

「青柳、ひと芝居うったんじゃないのか？」

「えっ⁉」

「宮内に隠し武器庫を知られたんで、組員たちに盛田んとこに預けてあった武器をこっそり回収させて、元刑事を始末させたと疑えなくもない。どうなんだ？」

露木が鎌をかけた。

「冗談はやめてくれ。おれは、宮内に武器の隠し場所を覚《さと》られてもなかったんだぜ。元刑事を誰かに殺《や》らせるわけねえじゃねえか。寝ぼけたことを言ってんじゃねえよ。さっさと銃刀法違反で、おれを地検に送致しな」

「おれの推測は見当外れだったらしいな。でも、あんたは銃器強奪犯に見当がついてるんじゃないのか？」

「見当ついてたら、とっくに奪《と》られた三十二梃を取り返してるよ。それで、犯人どもを半殺しにしてらあ」

「それもそうだな」

「うちの顧問弁護士を呼んでくれ」

組長が言い放ち、また腕を組んだ。露木が沖と顔を見合わせ、苦く笑った。

（羽柴は宮内殺しに関わってないな）

生方は〝覗き部屋〟と呼ばれている監視室から出た。

2

目が霞《かす》みはじめた。

録画を喰い入るように観《み》つづけたせいだろう。生方は目頭を軽く揉んだ。

捜査本部の一隅である。青柳組の組長を任意で取り調べた翌日の午後二時過ぎだ。

部下の国松たちが午前中に借り集めた防犯ビデオは、二十七巻だった。すでに十四巻の録画の画像はチェックし終えていた。

宮内一樹が射殺された時間帯に新宿プリンセスホテル付近で気になる不審者は現在のところ、ひとりもいない。生方は、録画された防犯画像を眺めつづけた。

十九巻目のビデオは、ホテルの斜め前にある飲食店から借りたものだった。宮内の死亡推定時刻にホテルの地下駐車場のスロープをかなりの速度で象牙色《ぞうげいろ》のライトバンが登ってきた。その車は、危うく車道のＲＶ車に衝突しそうになった。

生方はビデオを巻き戻した。

ライトバンを運転していた男に見覚えがあったからだ。画像を停止させ、運転者の顔をよく見る。

やはり、ハンドルを握っているのは奈良昌吾《ならしょうご》だった。三十二歳の奈良は八ヵ月前に護身用のサバイバル・ナイフを所持していて、新宿署生活安全課に銃刀法違反容疑で検挙されている。

その数ヵ月前に奈良はチンピラたちに因縁《いんねん》をつけられ、有り金を巻き揚《あ》げられていた。それで自分の身を護《まも》る目的で、密《ひそ》かに刃物を持ち歩くようになったのである。刃渡り九センチ以上だと、銃刀法に引っかかる。

奈良の取り調べに当たったのは、保安係の刑事だった。だが、生方は奈良のことを鮮明に憶《おぼ》えていた。

奈良は大柄で、筋骨隆々としている。しかし、その声は細かった。他人と目が合うと、すぐに下を向いてしまう。内気なのだろう。結局、奈良は書類送検されるだけで済んだ。

担当刑事から聞いた話によると、彼は中堅私大のラグビー部出身で、大手製紙会社で数年、社会人ラガーとして活躍していたらしい。ところが、会社のラグビー部が廃部になり、リストラ解雇されてしまった。

奈良は熱心にハローワークに通ったようだが、いっこうに再就職口は見つからなかった。雇用保険が切れると、1Kのアパートの家賃も払えなくなった。

やむなく奈良は部屋を引き払い、新宿コマ劇場の近くにあるネットカフェを塒《ねぐら》にするようになったらしい。

　派遣で配送や建築資材の後片《あとかた》づけのアルバイトをして、なんとか喰いつないでいるようだ。少しまとまった賃金が入ると、カプセルホテルやビジネスホテルに何泊かしていたという話だった。

　奈良の横には、黒いキャップを目深《まぶか》に被った男が坐っている。顔は判然としない。体軀《たいく》は逞《たくま》しかった。三十代の前半だろうか。

　生方は、ライトバンのナンバーをメモした。録画を再生させる。奈良が運転するライトバンは車道に出ると、強引に前走車を追い抜き、靖国通りに割り込んだ。

　何か疚《やま》しさがあって、一刻も早く新宿から遠のきたい。そんなふうに見受けられた。

　奈良はその日暮らしの生活から脱《ぬ》け出したくて、悪事の片棒を担《かつ》ぐ気になったのか。それとも、単に先を急いでいたに過ぎないのだろうか。

　生方はビデオを早送りし、残りの八巻の録画を観《み》た。十九巻目以外に気になる画像はなかった。

　生方は端末を操作して、ライトバンのナンバー照会をした。車の所有者は板橋区内に住む自営業者だったが、一週間前に地元署に盗難届が出されていた。

　ネットカフェ難民の奈良は、盗難車を乗り回していたことになる。宮内をホテルの地下駐車場で射殺したのは、助手席に坐っていたキャップの男なのか。そうだとしたら、奈良は共犯者臭い。

「生方、何か手がかりになりそうな録画はあったか？」

露木警部が近寄ってきた。生方は十九巻目の防犯ビデオをデッキに入れ、すぐに再生ボタンを押した。

露木が前屈《まえかが》みになって、画像を見た。

「勢いよくスロープを上がってきたライトバンは盗難車だったんです。運転してるのは、八カ月前に新宿署《うち》の生安課に銃刀法違反で検挙《アゲ》られた奴です」

「何者なんだい？」

「いわゆるネットカフェ難民のひとりです」

生方はそう前置きして、奈良昌吾のことを詳しく話した。

「二十代半《なか》ばから三十五、六のロスト・ジェネレーション世代は運悪く〝就職氷河期〟にぶつかって、企業の正社員になれなかった連中が少なくない」

「そうですね。派遣、契約、パートといった非正規雇用の社員が約一千七百万人もいるそうです。そういう人たちは年収二百万も稼げないみたいですね」

「平成不況が長引いたんで、ワーキングプアと呼ばれる連中が増えてしまったんだよな。

若い人たちが希望を持てない社会はよくないよ」

「その通りですね」

「住むとこも仕事もないとなったら、だんだん気持ちが荒《すさ》む。奈良って男が何か危《ヤバ》いことをやって、当面の生活費を手っ取り早く稼ぎたくなっても仕方ないな」

「ええ、そうですね」

「それはともかく、少し奈良昌吾のことを調べてみる必要がありそうだな」

露木が言った。

「生安課で奈良の顔写真《ガンクビ》を借りて、いつも泊まってたネットカフェに行ってみます。そこを塒にしてなくても、別の店で朝を迎えてるでしょうから」

「奈良が悪事の片棒を担いでるとしたら、もう新宿のネットカフェやカプセルホテルには泊まっていないだろう？」

「そうかもしれませんね。そうだったとしても、新宿のネットカフェを回れば、奈良に関する情報を何か得られるでしょう」

「だろうな。捜査資料の録画ビデオはおれが片づけておくから、浜畑とすぐ聞き込みに回ってくれ」

「わかりました。話は飛びますが、青柳浩司の逮捕状はもう間もなく届くんですね？」

「ああ。それから、ハシムがまだ国内のどこかにいることがわかったんだ。青柳と不良パキスタン人はおれに任せて、本自案の捜査に専念してくれ」

「そうします」

生方は浜畑刑事に声をかけ、急いで捜査本部を出た。

生活安全課に立ち寄り、奈良昌吾の顔写真を借りる。生方たちは、きょうはオフブラックのギャランに乗り込んだ。

浜畑の運転で歌舞伎町に向かう。奈良が定宿にしていたネットカフェは、雑居ビルの三階にある。ワンフロアをそっくり使っていて、割に広い。シャワー室もあった。

生方は身分を明かし、三十歳前後の店長に奈良の顔写真を見せた。

「この男のことは知ってるね？　ここの常連客なんだから」

「奈良さんのことなら、よく知ってますよ。五年以上も前から、この店を毎晩のように使ってくれてたんでね」

「昨夜《ゆうべ》も奈良は、ここで夜を明かしたのかな？」

「いいえ、奈良さんは先月の中旬ごろから店には一度も来てません」

「もっと料金の安いネットカフェを塒にする気になったんだろうか」

「いいえ、そうじゃないと思います」

店長がきっぱりと言った。

「愛知県にある親許に戻ったのかな？」

「いまさら実家には帰れないでしょ、ずっとフリーター暮らしだったわけですから。ぼくも地方出身者だから、奈良さんの気持ちはよくわかるんです。できれば錦を飾って、故郷《くに》に帰りたいんですよ。冴《さ》えないとこを親兄弟や旧友たちに見られたくないですからね」

「その気持ちはわかるよ。それで、奈良はどこに行ったんだい？」

「場所までは教えてくれませんでしたけど、奈良さんはどこかの高原で合宿して、一ヵ月ほど自己啓発セミナーを受けると言ってましたよ」

「自己啓発セミナーだって⁉」

「ええ、そうです。そのセミナーを受講すれば、東証《とうしょう》一部上場企業の正社員になれる途《みち》が開かれそうなんだと嬉しそうに言ってました」

「セミナーを受ける費用はどうしたのかな？」

浜畑が店員の顔を見ながら、素朴な疑問を口にした。

「自己啓発セミナーは無料らしいんですよ。それどころか、受講中は個室を与えられて、もちろん食費もかからないという話でした」

「怪しげな新興宗教団体が信者を取り込もうとしてるんじゃないだろうか」

「そうではなさそうですよ。自己啓発セミナーを主催してるのは、『東日本労働者ユニオン』だと言ってましたから」

店長が言った。

『東日本労働者ユニオン』は、労働組合もない零細企業の従業員や非正規社員たちの支援活動をしている非営利団体だ。巨大労組や革新政党からのカンパで運営されている。

その活動は、しばしばマスコミに報じられていた。事務局はJR四ッ谷駅の近くの雑居ビルの中にある。

「そのセミナーに誘われたのは、奈良だけなのかい？」

生方は店長に問いかけた。

「常連の堂場《どうば》というフリーターも奈良さんと一緒にセミナーに参加したと思います」

「そいつのことを詳しく教えてくれないか」

「堂場龍太《りゅうた》さんは二十八で、城南大学のレスリング部の主将をやってたという話でした。総合格闘技のプロ選手になりたかったようですが、練習中に右膝を痛めたとかで、結局、フリーターになったらしいんですよ」

「自己啓発セミナーに誘われたのは、その二人だけなんだね？」

「うちの店では、奈良さんと堂場さんだけですね。でも、別のネットカフェの店長たちの話によると、何人かの常連客がセミナーを受講すると言ってたらしいんですよ」

「合計何人のフリーターがセミナーに参加することになったのかな？」

「ぼくが知ってるのは、九人ですね。ライバル店の店長たちによると、全員、大学で体育会系のクラブに属してたみたいなんです。奈良さんも堂場さんも実際、体格《ガタイ》がよかったですからね」

「消えた男は九人なのか」

「ええ、ぼくが聞いた限りではね」

店長が答えた。

俠友会羽柴組が管理していた超高級クラブの娼婦も九人、姿をくらましている。新宿のネットカフェから九人の男性常連客が遠ざかったことは、単なる偶然なのか。

奈良たち九人の男はそれぞれ体格に恵まれ、運動神経も悪くなさそうだ。自己啓発セミナーの主催者は、なぜスポーツマン・タイプのネットカフェ難民に声をかけたのか。別にそういう意図《いと》はなく、たまたま同じようなタイプが集まっただけなのか。

どうもそうは思えない。主催者は体軀の逞しいフリーターをセミナーに誘い込んだのではないか。さらに消息のわからない高級娼婦が九人である偶然も気になる。

しかし、ネットカフェで寝泊まりしていた男たちは貧困層だ。仮に娼婦たちが彼らと接点があったとしても、客の対象にはならない。

消えた男女の数が双方とも九人であることは、ただの偶然なのだろう。

「もういいですか？　ぼく、そろそろカレーの仕込みに取りかからなきゃならないんですよ」

「店長なのに、料理も作らされてるのか？」

「ぼく、一応、調理師の免許を持ってるんですよ。だから、オーナーに厨房《ちゅうぼう》の仕事もやってくれと頼まれたんです。といっても、カレーライス、ピラフ、焼きそば、サンドイッチ、ピザ・トーストぐらいしか作ってないんですけどね」

「そう。忙しいのに、悪かったな。ありがとう」

生方は店長に礼を言って、浜畑とネットカフェを出た。雑居ビルの一階に下ると、浜畑が口を切った。

「自己啓発セミナーは、なんか怪しげだな。体育会の男たちばかりに声をかけたことも妙ですよね？」

「そうだな」

「ほかのネットカフェも回ってみますか？」

「いや、それは別のコンビにやってもらおう」

生方は携帯電話を取り出し、捜査本部にいる露木に連絡を取った。聞き込みの内容を伝え、捜査班のメンバーに歌舞伎町一帯のネットカフェを回らせるよう頼む。

「生方たちは、これから『東日本労働者ユニオン』の事務局に回るんだな?」

露木が確かめた。

「ええ、そうです」

「奈良はネットカフェの店長に、いい加減なことを言ったんじゃないのか?『東日本労働者ユニオン』は立場の弱い労働者の味方だが、自己啓発セミナーなんか開かないと思うぜ。それから、リクルーターめいたこともしないはずだよ」

「とにかく、事務局に行ってみます」

生方は通話を切り上げ、覆面パトカーの助手席に乗り込んだ。

ほどなく浜畑がギャランを発進させた。二十分そこそこで、目的地に着いた。生方たちは捜査車輛を雑居ビルの前に駐《と》め、三階に上がった。

『東日本労働者ユニオン』の事務局には五十七、八の男と四十代と思われる女性事務員がいるだけだった。

生方たちは身分を告げ、事務局長と名乗った男と古ぼけた布張りのソファに腰かけた。

事務局長は堀勇三郎《ほりゆうざぶろう》という名だった。

「こちらで、自己啓発セミナーを主催されてるとか？」

生方は切りだした。

「何かのお間違いでしょ⁉　うちは、そんなセミナーは開いてません。もちろん、働き口の世話もしてない。不当な扱いをされてる労働者の支援活動をしてるだけですよ」

「そうですか。そういうことなら、誰かが『東日本労働者ユニオン』の名を騙《かた》ったんでしょう」

「もう少し詳しいことを教えてください」

事務局長の堀が言った。生方は、奈良たちフリーターのことを喋った。

「ひょっとしたら、前任の事務局長がどこかでカンパを集めて、そういう自己啓発セミナーを開く気になったのかもしれないな」

堀が低く呟いた。

「前の事務局長の方のお名前は？」

「別所辰巳《べっしょたつみ》という名です。確か四十七だったと思います。別所君は化学薬品会社で熱心に組合活動をやってたんですが、三十代の前半に東北地方の営業所に飛ばされたんですよ。それで会社と揉めた末、退職したんです。その後はここの事務局長を務めてたんですが、ちょっと問題を起こしましてね」

「何があったんです？」

「支援労組のカンパが大幅に減ったんで、別所君はマスコミ各社に寄附をねだって、ネタを提供してたんですよ。そのことが問題になって、事務局長のポストを追われることになったんです。絵に画《か》いたような硬骨漢だったんですが、運営資金が少なくなったんで、つい節操《せっそう》を忘れてしまったんでしょう」

「別所さんが事務局長を下ろされたのは、いつのことなんです？」

「ちょうど一年前ですね。その後の消息はわかりません。別所君は常々、大企業のエゴはけしからんと言いつづけてましたが、ロスト・ジェネレーションの労働意欲を掻《か》き立てる必要もあると力説してたんですよ。それだから、自己啓発セミナーを主催する気になったのかもしれません。多分、そうなんでしょう」

「別所さんの履歴書がこちらに残ってたら、ちょっと見せてもらえませんかね」

「確か残ってましたよ」

「それでは、お手数ですが……」

　生方は急《せ》かせた。

　堀事務局長が腰を浮かせ、壁際まで歩いた。しゃがみ込んで、スチール・キャビネットに手を突っ込んだ。

女性事務員はパソコンのディスプレイから目を離そうともしない。来訪者に茶を出す気もないようだ。それだけ運営費に余裕がないのだろう。

堀が戻ってきた。黄ばみかけた履歴書を手にしている。

「ちょっと見せてもらいます」

生方は別所の履歴書を受け取り、必要なことを手帳に書き留《と》めた。

履歴書には、顔写真が貼付《ちょうふ》してあった。別所は男臭い顔立ちで、どことなく頑固そうな印象を与える。

現住所は渋谷区恵比寿《えびす》三丁目二十×番地になっていた。戸建て住宅で暮らしているようだ。

「別所さんは転居されたりはしてませんね?」

「それはないと思います。祖父の代から住んでる家を相続して、まだ数年しか経ってませんので」

「そうですか。家族構成は妻と息子さんだけのようですね?」

「ええ、そのはずです」

堀事務局長が言って、右手を差し出した。生方は履歴書を返し、ほどなく暇《いとま》を告げた。

ギャランに乗り込み、今度は別所の自宅に向かう。二十数分で、別所宅に着いた。

恵比寿ガーデンプレイスに隣接している住宅街の一角にあった。趣《おもむき》のある和風住宅だった。敷地は百坪前後だろう。庭木の枝は形よく剪定《せんてい》されていた。

浜畑刑事がインターフォンを鳴らした。

ややあって、中年女性の声で応答があった。別所の妻だった。浜畑が小声で刑事であることを明かし、来訪の目的を告げた。

「いま、そちらにまいります」

硬い声が流れてきて、スピーカーは沈黙した。

生方は門扉《もんぴ》越しに玄関先を見た。両開きのガラス戸が開き、四十二、三の別所夫人が姿を見せた。色白だが、狐顔《きつねがお》だった。

「ご主人にお目にかかりたいんですが……」

生方は警察手帳を提示した。

「別所は不在です。自己啓発セミナーを催《もよお》してるんで、先月の初旬から山梨の方に行ってるんですよ」

「その場所を教えてもらえます？」

「わからないんですよ。夫は合宿先の所番地を教えてくれなかったんです、セミナーの関係者に迷惑がかかるかもしれないと言ってね。別所は二十代のころから労働運動に熱心でしたから、右寄りの人たちにマークされてるんですよ。行動右翼に闇討《やみう》ちされたことがあるんです。先月の下旬に一度、家に着替えを取りに戻りましたが、今度いつ帰ってくるのかはわかりません」

「別所さんの携帯の番号を教えてもらえませんかね？　どうしてもご主人に確認したいことがありましてね」

「別所は携帯電話は持ってないはずです。だから、こちらから連絡できないんですよ」

「そうなんですか。ご主人は『東日本労働者ユニオン』を辞めてから、どこから収入を得てたんでしょう？」

「進歩派文化人の方や労働組合関係者からカンパしていただきながら、ボランティアで労働者たちの支援活動をしてるんです。フリーターと呼ばれてる人たちのモチベーションを高めることが急務と考え、セミナーを開く気になったようです」

「その資金もシンパたちのカンパで……」

「はい、そう聞いてます。まさか別所が法律に触《ふ》れるようなことをしたんじゃありませんよね？」

「ええ、そうじゃありません。新宿のネットカフェを塒にしてた男性が九人、無料の自己啓発セミナーを受けると言ってたらしいんですよ。消えたフリーターのひとりの家族から捜索願が出されたんで、心当たりをちょっと回ってるんです」

「そうなんですか」

別所の妻は、生方のもっともらしい作り話を真《ま》に受けたようだった。

「そういうことなら、奥さんはご主人と連絡を取りようがないわけですね？」

「ええ。でも、週に一度は夫のほうから家に電話がかかってきますから、別段、不安はありません」

「そうですか。ご協力に感謝します」

生方は頭を下げた。

別所夫人が目礼し、家の中に引っ込んだ。玄関のガラス戸が閉ざされると、浜畑が頭上の電話引き込み線を見上げた。

「この家の電話を盗聴しますか。そうすれば、別所辰巳の居所は造作なくわかるでしょうから」

「おれたちは公安刑事じゃないんだ。そんなアンフェアな手は使いたくないな。浜畑、楽な捜査をしようとするな。手抜きをしたら、ろくな結果にはならないもんだ」

「は、はい」

「浜畑、あまり焦《あせ》るなって」

生方は、しょげ返っている相棒に明るく言った。

その直後、露木警部から生方に電話がかかってきた。

「人気テレビ司会者の城島幹也《じょうじまみきや》、六十三歳が自宅の寝室で感電自殺したよ。確か城島は、例の超高級売春クラブのエスコート・ガールを買ったひとりだったな？」

「ええ、そうです。ベッド・パートナーを務めた娼婦がブラック・ジャーナリストにでも有名なテレビ司会者に買われたことを洩らしたんじゃないのかな？」

「ありえないことじゃないだろう。城島はセックス・スキャンダルが暴《あば》かれる前に死を選んだ。この世におさらばしちまえば、生き恥を晒《さら》さずには済むからな」

「そうなのかもしれませんが、城島幹也は途方もない額の口留め料を要求されたとも考えられます。全財産を脅し取られた揚句《あげく》、スキャンダルの主人公にされてしまう。人気テレビ司会者はそう考えて、人生に終止符《ピリオド》を打つ気になったんじゃないんだろうか」

「生方、そうなのかもしれないぜ。よし、城島が誰かに強請《ゆす》られてたかどうか、捜査班に探らせよう」

「露木さん、九人の高級娼婦と遊んだ各界の著名人に脅迫者が迫ってるかもしれませんね」

「そうだな。羽柴組から押収した売春クラブの顧客リストの全員を調べさせよう。それで、生方たちは何か手がかりを摑んだのか？」

「ええ、少しね」

　生方は聞き込みの成果を伝えた。

「『東日本労働者ユニオン』の前事務局長は新宿のネットカフェ難民を九人も自己啓発セミナーに誘ってたのか。それも、体格《ガタイ》のいい奴ばっかりな」

「ええ。セミナーの目的は、フリーターの労働意欲を高めることなんじゃないでしょ？　体育会系の男たちを巧《たく》みに煽《あお》って、何かやらせようとしてるんじゃないですかね？」

「テロリストに仕立てようとしてるんだろうか」

「そうなのかもしれません。とにかく、セミナーの主催者は奈良昌吾たちを凶悪犯罪の実行犯にする気なんでしょう。それから、消えた娼婦も九人です。セミナーに誘われたネットカフェ難民も九人です。この符合は偶然じゃない気がします」

「セミナーの主催者は、殺人ロボットに育て上げた九人に専属のセックス・ペットを与えて、がんじがらめにする気でいるのかもしれないな。もちろん、金もたっぷり奈良たちに渡してるんだろう。銭《ぜに》と美女に縁のなかったワーキングプアにとっては、夢のような話だよな。誰も逃げ出そうとはしないだろう」

「露木さんの読み筋は当たってるかもしれませんよ」

「売春クラブの客の動きを探りながら、別所の自宅も張り込ませよう」

露木が電話を切った。生方は終了キーを押し込んだ。

3

捜査本部の空気は重かった。

元刑事殺しの事件背景が見えてこないせいだろう。生方は最前列に坐っていた。人気テレビ司会者が自殺した翌日の午後四時過ぎである。

正面のホワイトボードの横には、本庁の露木警部が立っている。つい先ほど捜査の進展具合を説明し終えたばかりだ。

前夜の検視で、城島幹也は自宅寝室のベッドの上で感電自殺したことが確認された。テレビ司会者の心臓部には、タイマーと連結した電極板が貼られていた。サイド・テーブルの上には、服《の》み残した睡眠薬の錠剤が散っていた。

遺書はなかった。未亡人の話によると、城島は今月の上旬から妙に沈み込んでいたという。妻が理由《わけ》を訊いても、夫は何も明かさなかったらしい。

捜査班の調べで、故人は妻には無断で自宅の土地と建物を担保にして、先月の末に銀行から一億五千万円を借りていた事実がわかった。支払い先は不明だ。

城島は、なぜか借入金をそっくり現金で自分の事務局に運ばせている。預金小切手で受け取らなかったのは、支払い先がわかってしまうからだろう。相手方の銀行口座にも振り込んでいなかった。

部下たちの聞き込みによると、死んだ城島に特定の愛人はいなかった。手切れ金が必要だったとは考えられない。事業に手を出して、しくじった事実もなかった。

消去法で考えると、高級娼婦とのスキャンダルの口留《ど》め料を要求されたと推定できる。しかし、その脅迫者を絞ることはできない。

「民自党の二世国会議員は売春クラブの女と遊んだことで、暴力団から一億円を強請《ゆす》られたと第一秘書に洩らしてたという話だったね？」

新宿署の署長が露木に確かめた。

「ええ、そうです。捜査班の報告によると、二世代議士はそのような事実はないと強く否定したそうですが、第一秘書が嘘をついたとは思えないんですよ」

「ま、そうだね。自殺したテレビ司会者も二世国会議員も、超高級売春クラブを管理してた羽柴組に恐喝されたんじゃないのか？」

「そうとも考えられますし、別の者が羽柴組の仕業《しわざ》に見せかけた可能性もあると思います」

「そうだね」

「露木君、羽柴組長の身柄はまだ東京拘置所には移してないんだったな？」

綿引理事官が口を挟んだ。

「ええ、まだ送致手続きが完了してませんので」

「それだったら、羽柴を追及してみるべきなんじゃないのかね？」

「もちろん、そうするつもりでいました」

「なんだかいろいろ錯綜《さくそう》してて、宮内一樹の加害者が見えてこないな。被害者は『白菊葬儀社』の倉庫に隠されてた銃器三十二梃が何者かに強奪されたという情報を生方君に流した」

「ええ、そうですね」

「葬儀屋の盛田社長に三十二梃の銃器を預けたのは、侠友会青柳組とわかった。稲森会が武器強奪事件に関与してないことも、ほぼ間違いなさそうだ」

「ええ」

「もう少し整理してみよう。宮内が射殺された直後に新宿プリンセスホテルの地下駐車場から盗難届の出てるライトバンが走り出てきた。その車を運転してたのは、新宿コマ劇場近くのネットカフェを何年も塒《ねぐら》にしてた奈良昌吾だった。助手席には、キャップを目深《まぶか》に被った男が坐ってた。ライトバンは逃げるように走り去った。そういうことだったね？」

「そうです。その奈良は『東日本労働者ユニオン』の前事務局長の別所に誘われ、山梨県のどこかで自己啓発セミナーに参加した可能性があります。さらに新宿のネットカフェから奈良のほかに八人の常連客が姿を消してます」

「ああ、そうだったね。それから、羽柴組がやってた超高級売春クラブの娼婦が九人どこかに行って、未《いま》だに居所がわからない」

「その通りです。生方は、ほぼ同時期に消息不明になったネットカフェ難民と高級娼婦の数が九人と同じであることが気になると言いだしたんです。わたしも、単なる偶然ではないと思いはじめてます」

「そうか」

「生方君、そのあたりのことをもう少し詳しく話してくれないか」

新宿署の中尾刑事課長が促《うなが》した。

「わかりました。奈良たち九人のフリーターが自己啓発セミナーの行なわれてる合宿所にいるとしたら、そこに消えた九人の娼婦もいるかもしれないと筋を読んだんです」

「男女の数は九対九だが、ネットカフェ難民は娼婦を買うことなんかできないだろう？」

「ええ、奈良たちには高級娼婦を買うだけの金なんかないでしょうね。しかし、彼らを利用してる奴が九人の娼婦に破格の謝礼を払って、セックス・ペットとして宛《あて》がってるのかもしれません。月に八百万から一千万円の報酬を払ってね」

「そんなことはリアリティがない気がするな。仮に九人の女性に八百万円ずつ払ったとしたら、月に七千二百万円も必要なんだよ。奈良昌吾たちに現金輸送車を襲撃させでもしない限り、とても黒幕はおいしい思いはできないはずだ」

「現金輸送車を狙わせなくても、巨額を脅し取ることはできるでしょう。たとえば、首都の交通機関や流通を麻痺《まひ》させれば、鉄道会社や運送会社から何百億円もせしめられるかもしれません」

「そんな大がかりな犯罪をやるには、大勢の実行犯が必要になってくるだろう」

「犯罪のエキスパートが数人いれば、首都圏のあらゆる機能を狂わせることは可能です。凄腕のハッカーやクラッシャーがいれば、ほとんどのシステムは自在に操れるはずです。セキュリティ・システムやバックアップを不能にすることはたやすいでしょう」

「生方君、それは……」

「米国防省のシステムに潜《もぐ》り込んだハッカーたちもいるんです。民間企業のコンピューターを誤作動させるのはさほど難しいことじゃないと思います」

「しかしね……」

「課長、射殺された宮内一樹は武器強奪犯事件の背後に大がかりな陰謀があることを嗅ぎつけたのかもしれません」

生方は言った。

「そうなんだろうか」

「まだ確証は得てませんが、わたしは先月、朝霞駐屯地から五基のＬＡＷ80と二十発の九十四ミリ砲弾を奪った奴らが『白菊葬儀社』の倉庫から三十二梃の銃器を盗み出したのではないかと睨んでるんです」

「そうだとしたら、陸自の関係者が犯人グループの中にいるのかもしれないな。防衛省情報本部が提供してくれた調査資料によると、犯人たちは空から駐屯地に侵入して、兵器を盗み出したようだからね。その後、朝霞周辺で何か手がかりは？」

「残念ながら、手がかりは得られてません。捜査班の四人が駐屯地周辺で熱心に聞き込みをしてくれたんですが、事件当夜、巨大な洋凧、熱気球、パラ・グライダーの類《たぐい》を目撃した者はまったくいなかったんです」

「そうか」

中尾の語尾に署長の声が重なった。

「事件のことをあまり複雑に考えないほうがいいんじゃないのかね。被害者の遺品を捜査資料として、すべて借り受けてみたら？　そこから、何か見えてくると思うんだ。な、露木君？」

「宮内一樹の自宅マンションは、すでに捜査班に徹底的に調べさせました。ですが、事件の解明に結びつくような物は何も出てこなかったんです」

「鑑取りに手抜かりはないんだね？」

「もちろんです。被害者の血縁者、友人、かつての交際相手から充分に聞き込みをしました」

「そうか。きょうから捜査班のメンバーを恵比寿の別所の自宅に張り込ませるんだね？」

「ええ」

「死んだテレビ司会者と二世国会議員は、羽柴組に口留め料をせびられたんだろう。多分、本事案とは関わりがないんだろうが、一応、羽柴を締め上げてみてくれないか」

「わかりました」

露木が自分の席に戻った。

捜査会議が終わった。署長、綿引理事官、中尾課長の三人が捜査本部から出ていった。

露木が捜査班の六人に別所宅を張り込むよう指示し、生方に歩み寄ってきた。

「浜畑と一緒に羽柴をちょっと追い込んでくれよ」

「了解！」

生方は本庁の浜畑刑事を呼び寄せた。

「羽柴の取り調べですね？」

「そうだ。留置課に連絡して、羽柴を刑事課の取調室1に連れてきてもらえ」

「わかりました」

浜畑が指示に従った。生方は捜査本部を出て、先に刑事課の取調室1に入った。

数分後、浜畑がやってきた。記録係の机に向かい、ノートパソコンを起動させた。

待つほどもなく担当看守が羽柴を連れてきた。組長は前手錠を打たれ、灰色の腰縄を回されていた。

「もう取り調べは済んだだろうが！　早く小菅《こすげ》の拘置所に送ってくれや」

「静かにしてろっ」

看守が羽柴を折り畳み式のパイプ椅子に坐らせ、捕縄《ほじょう》をパイプに括《くく》りつけた。

「ご苦労さん！」

生方は看守を犒《ねぎら》った。看守が敬礼し、取調室から出ていった。

「テレビ司会者の城島幹也がきのうの晩、新宿区内の自宅で感電自殺したよ」

「えっ⁉」

羽柴が声を裏返らせた。

「城島は誰かに強請《ゆす》られてたようだ。何日か前から沈み込んだ様子だったらしいし、女房に無断で銀行から一億五千万円を借りてたんだ。その金は事務所に現金《ゲンナマ》で届けさせたって話だったよ」

「信じられねえな。城島さんは、いなくなった千穂《ちほ》をいつも指名してくれてたんだ」

「そうか。民自党の二世議員も超高級クラブの上客だったんだな？」

「都築《つづき》先生も自殺したのかい⁉」

「いや、死んではいないよ。都築明仁《あきひと》は自分の第一秘書にセックス・スキャンダルの口留め料として、一億円脅し取られたと洩らしてたそうだ。本人は、そのことを認めなかったらしいがな」

「そう」

「ほかの客たちも、おそらく高級娼婦と遊んだことを脅迫材料にされて、億単位の口留め料を払わされたんだろう。押収した顧客リストには、各界の有名人が約五十人載《の》ってた。ひとり平均一億円払ったとしたら、五十億になるよな」

「まさかおれを疑ってるんじゃねえよな⁉」

「羽柴、正直に答えてくれ」

「売春クラブの上客たちに汚《きたね》えことなんかしてねえよ。どの客も間接的ながら、裏社会の首領《ドン》たちとつながってるんだ。そんな相手に下手なことをしたら、おれの一家はぶっ潰されちまうよ。楽して金になるなら、たいていのことはやってきたけど、そこまで腐《くさ》っちゃいねえって」

「支配人の宍戸が娼婦の誰かと結託《けったく》して、売春クラブの客たちから口留め料を毟《むし》り取ったとは考えられないか？」

「宍戸だって、そんな汚え真似はしねえさ。誰かが羽柴組《うち》の名を騙《かた》って、城島さんや都築先生を強請《ゆす》りやがったにちがいねえよ。くそっ、どこのどいつなんだ！」

「誰か思い当たる奴は？」

　生方は訊いた。

「いねえよ。でも、渡世人じゃねえだろうな。さっき言ったように、お客さんたちはどなたも顔が広いんだ。汚いことをしたら、てめえが裏社会で生きていけなくなるからな。それどころか、生コンで固められちまうよ」

「ま、そうだろうな」

「うちのクラブの上客たちは上海《シャンハイ》マフィアあたりに強請《ゆす》られたのかもしれねえな。奴らは捨て身で生きてるからね。銭になれば、平気で危《ヤバ》いこともやる」

「いや、チャイニーズ・マフィアは絡《から》んでないだろう。連中は荒っぽいことをやってるが、セックス・スキャンダル絡みの恐喝なんてやってないからな」

「そう言えば、そうだな」

「新しいタイプの犯罪者集団が消息不明の娼婦と共謀して、テレビ司会者たちから巨額の口留め料を脅し取ったのかもしれない」

生方は言った。

「そうなのかね。最近は、堅気がやくざ顔負けの悪さをしてるから、そっちが言った通りなのかもしれねえな」

「妙なことを訊くが、別所辰巳って名前に聞き覚えはないか?」

「知らねえな。そいつは何者なんだい?」

「一年ほど前まで『東日本労働者ユニオン』の事務局長をやってた男だ」

「そのユニオンは、確か派遣社員とか契約社員の労働条件の待遇をもっとよくしてやれって会社側に掛け合ってる非営利団体だよな?」

「そうだ。よく知ってるな」

「ばかにしやがって。おれたち稼業人だって、新聞ぐらい読んでらあ。テレビ・ニュースもよく観《み》てる。世の中の動きを知らねえと、おいしいビジネスも思いつかねえんだ」

「だろうな」

「その元事務局長が、うちのクラブの客たちを強請《ゆす》った疑いがあるのか？」

「いや、そういうわけじゃない。知らなきゃ、それでいいんだ」

「そういう言い種《ぐさ》はねえだろうが。ま、いいや。それはそうと、午前中に接見に来てくれた弁護士の先生がおれと宍戸も執行猶予が付くだろうって言ってたが、どうなんだい？」

「おれたち刑事は被疑者を検察に送致してるだけで、判決は裁判所が下すんだ」

「わかってるよ、そんなことは。管理売春のことは素直に認めたんだから、そこんとこを検事に強調してほしいね」

「甘ったれるな」

「手心を加えてくれたらさ、新宿署にいろいろ裏の情報を流してやるって。この際、持ちつ持たれつでいこうや」

羽柴が裏取引を持ちかけてきた。

生方は返事の代わりに両手で机を叩いた。羽柴が反射的に上体を反《そ》らせた。

「担当看守を呼んで、羽柴を留置場に戻させてくれ」

生方は浜畑に言って、先に取調室1を出た。

階段を使い、五階の捜査本部に戻る。捜査班のメンバーは、あらかた出かけていた。

「羽柴組が城島や二世代議士から口留め料を脅し取った様子はうかがえませんでしたね」

生方は露木の前に坐るなり、取調べの結果を伝えた。

「そうか。なら、九人の高級娼婦にうまい話をもちかけた謎の一味が人気テレビ司会者たちから口留め料を脅し取ったんだろう。そいつらが奈良昌吾たち九人のネットカフェ難民を自己啓発セミナーに誘ったのかどうかはっきりするといいんだがな」

「そうですね」

「奈良たちが何か悪事の片棒を担《かつ》がされるんだとしたら、汚れ役の補充が必要なんじゃないか？　メンバーのうちの誰かが警察に検挙《アゲ》られるかもしれないし、怪我をすることもあるだろう」

「ええ、そうですね。露木さん、何か企《たくら》んでるんですね？」

「新宿から消えた九人のネットカフェ難民は、揃って体格《ガタイ》がいいって話だったよな？」

「ええ」

「彼を囮《おとり》に使ってみないか？」

露木がそう言い、部屋の隅に控えていた福永巡査に目を向けた。生方の部下の中で最も若く、体もがっしりとしている。

「福永をネットカフェ難民に仕立て、正体不明のグループを誘《おび》き寄せようって筋書きなんですね？」

「ああ。彼に何日か歌舞伎町のネットカフェに泊まり込ませるんだよ。運がよければ、リクルーターが網に引っかかるだろう」

「露木さん、待ってくださいよ。福永は、まだ二十六なんです。万が一のことがあって、あいつが殉職したら、おれ、福永に詫びようがありませんよ。囮捜査は危険すぎます」

「しかし、別所がいつ山梨の合宿先から東京の自宅に戻るかわからないんだぜ。それに消えた娼婦やフリーターの家族や知り合いから居所を探ることもできない」

「福永に危ない思いをさせるわけにはいきません、直属の上司としてね」

「生方は、部下思いなんだな」

「誰だって、そう考えるでしょ？」

「そうかね？　おれは自分を含めて警察官が職務を全《まっと》うするために運悪く命を落とすことになっても、それはそれで仕方がないと思ってる」

「おれは、そんなふうに割り切れないですね。どんな奴も、たったのひとりで生きてるわけじゃないんです。それぞれかけがえのない家族や友人、それから恋人がいるわけでしょ？」

「悪かった。生方の親父さんは殉職してるんだったな。無神経なことを言っちまった。勘弁してくれ」

「親父のことは気にしないでください」

「話を蒸し返すが、決して福永を見殺しにするような真似はしない。彼をネットカフェ難民に化けさせたら、三、四人の捜査員にガードさせるよ」

「それでも、オーケーとは言えませんね」

「生方の気持ちはわかったよ。福永に直《じか》に打診するのはかまわないだろ？」

「そういうこともやめてほしいな」

生方は控え目ながらも、はっきりと抗議した。

露木がそれを無視して、福永を大声で呼んだ。福永が弾《はじ》かれたように椅子から立ち上がり、足早に露木の前に進み出た。

「そっちに頼みがあるんだ」

露木が切りだした。福永は困惑顔にはならなかった。かえって好奇心をそそられたようだ。

「一種の囮捜査ですね。ぜひ自分にやらせてください」

「福永、よく考えろ。相手がおまえの正体を知ったら、危害を加えられることになるかもしれないんだぞ」

　生方は言い諭《さと》した。

「不安がないと言えば、嘘になります。しかし、願ってもないチャンスです」

「しかし、命のスペアはないんだぞ。もっと慎重になれよ」

「係長に逆《さか》らう気はないんですが、自分、もっと熱くなって職務に励《はげ》みたいんです。ぜひ囮にならせてください」

「おまえがそこまで言うんだったら、もう反対はしないよ。ただ、約束してくれ」

「約束ですか？」

「ああ、そうだ。ほんの一瞬でも生命の危機を感じ取ったら、とにかく逃げろ。どんなにカッコ悪くても、尻《しり》に帆をかけて一目散に逃げるんだ。命は絶対に粗末にしないって約束してくれ」

「わかりました」

「おれも、おまえのガードに加わる」

「係長……」

　福永が声を詰まらせた。

「生方、部下のガードをしっかり頼むぞ」

「もちろん、手は抜きません」

「福永、おまえはいい上司に恵まれたな。そういうことなら、きょうの夕方から囮作戦を開始する」

露木が宣言した。

生方は福永と相前後して、大きくうなずいた。

4

夜明けが近い。

少し前までビルの屋上や街路灯で翼を休めていた十数羽の烏《からす》が地上に舞い降り、餌《えさ》を漁《あさ》りはじめた。どの烏も貪婪《どんらん》だった。

生方は二十四時間営業のハンバーガー・ショップの嵌《は》め殺しのガラス窓越しに烏の動きをぼんやりと眺めていた。斜め前には、福永巡査がいるネットカフェの入った雑居ビルが見える。

その雑居ビルの出入口近くには、生方の部下の大竹巡査長が立っていた。大竹は二十九歳で独身だが、古典落語に精通している。

新宿コマ劇場のそばで張り込んでいる捜査車輛には、本庁の浜畑刑事が乗り込んでいた。

フリーターを装った福永がネットカフェに入ったのは、前日の夕刻だった。彼は不審な人物が接近したら、さりげなく特殊ワイヤレス・マイクのスイッチをオンにする手筈《てはず》になっていた。

生方はもちろん、大竹と浜畑も片方の耳にイヤホンを埋め込んでいる。しかし、店内にいる福永は一度もマイクのスイッチを入れていない。

生方たち三人は、一時間置きに張り込みのポジションを替えてきた。

ハンバーガー・ショップに入るのは三度目だった。生方はコーヒーだけで、もう五十分以上も粘っていた。

店内の客は、遊び疲れた若者ばかりだった。彼らは始発電車を待っているのだろう。

生方も大学生のころ、終夜営業の喫茶店で何度も夜を明かしたことがあった。青春時代の自分を思い出したものの、居心地はよくなかった。

場違いな所に紛《まぎ》れ込んでしまったという思いが強い。そのせいか、むやみに煙草を吹かしてしまった。舌の先が少しざらついている。煙草の喫《す》い過ぎだ。

生方は数分遣《や》り過ごし、椅子から立ち上がった。

ハンバーガー・ショップを出て、わざと新宿コマ劇場の前まで歩く。人待ち顔を作り、腕時計に目を落とした。あと数分で、午前五時になる。

生方は数十秒たたずんでから、通りを斜めに横切った。雑居ビルに近づくと、大竹が生方に気がついた。

生方は無言でハンバーガー・ショップに視線を向けた。

大竹が心得顔でハンバーガー・ショップに歩を進めた。急ぎ足だった。だいぶ前から尿意を堪《こら》えていたのだろう。

生方は微苦笑した。張り込みのときは、なるべく水分を摂《と》らないよう心掛ける。それでも長いこと戸外に立っていると、どうしても小便が近くなる。ことに真冬はそうだ。膀胱《ぼうこう》が膨《ふく》らんだときは、つい上《うわ》の空《そら》になりがちだ。コンビを組んでいるときは交代で用を足すことができるが、単独の張り込みではそれができない。

生方は雑居ビルの前をゆっくりと行きつ戻りつしはじめた。

四往復し終えたとき、三十一、二の精悍《せいかん》な男が雑居ビルの中に入っていった。髪型はクルーカットで、肩の筋肉が盛り上がっている。動作はきびきびとしていた。

紺系の地味なスーツを着ていた。ワイシャツは白だった。ネクタイは茶系だ。

男は、ごっつい編上《あみあ》げ靴を履《は》いていた。俗にジャングル・ブーツと呼ばれている靴だ。

背広には合わない靴である。

生方は雑居ビルの表玄関からエレベーター・ホールを覗《のぞ》いた。

髪を短く刈った男は、すでに函《ケージ》に乗り込んでいた。扉が閉まり、エレベーターが上昇しはじめた。

生方は階数表示盤を見上げた。函《ケージ》はネットカフェのある階で停止した。

（なんか気になる男だ）

生方は覆面パトカーのギャランに歩み寄り、助手席に入った。すると、運転席の浜畑が口を開いた。

「少し前にクルーカットの男が雑居ビルに入っていきましたよね？」

「ああ」

「あの男、ジャングル・ブーツを履いてたんですよ」

「浜畑も気づいたか。確かに編上げ靴を履いてたな。ふつうはスーツを着るとき、ああいうごっつい靴は履かないものだ。アンバランスだからな」

「ええ、そうですね。彼は自衛隊員か、元隊員なんじゃないのかな？　あるいは、フランス陸軍の外人部隊に所属してたことがあるのかもしれません。いずれにしても、どこか軍人ぽかったですよね？」

「おれも、そう感じたよ」

「そうですか。ひょっとしたら、あの男は例の自己啓発セミナーの関係者なのかもしれないな」

「そうだとしたら、粘った甲斐《かい》があったわけだ」

生方は口を結んだ。

それから間もなく、イヤホンに音声が流れてきた。男同士の会話だ。片方の声は福永巡査だった。

――派遣でバイトをやってるんでしょ？

――ええ、まあ。二年前に流通関係の会社の正社員だったんだけど、職場で人間関係がうまくいかなくなって、依願退職しちゃったんですよ。

――それ以来、フリーターをやってるんだ？

――ええ、そうです。

――若いのに、もったいないなあ。若い人材を大事にしないと、日本の経済はもっと悪くなるのにね。経営者たちは目先の利益ばかり追いかけてるから、駄目なんだよ。

――失礼ですけど、あなたは手配師の方なのかな？

――働き口も世話してるけど、いまは自己啓発セミナーの受講生を集めてるんだよ。

——何ですか、それ？

——ロスト・ジェネレーション世代の約三割が非正規雇用の働き手であることは知ってるよね？

——もちろん、知ってますよ。ぼくも、そのひとりですから。

——二十代のうちは、フリーターで気楽に生きるのも悪くないかもしれない。しかし、三十代や四十代も同じじゃ、将来は不安だよね？　そうだろう？

——ま、そうですね。

——いま以上にフリーターが増えたら、日本は経済的にも文化的にも後進国みたいになってしまう。そこで日本の将来を憂《うれ》えてる有識者たちが私財をなげうって、不安定な生活に甘んじてる若い人たちの意識を変革させ、一流企業に就職させる活動をしはじめたんだ。

——一流企業の正社員になれたら、未来は明るくなるだろうな。しかし、そんなことは夢でしょ？

——夢なんかじゃないよ。きみなら、必ず再起できるさ。体は丈夫そうだから、ガッツさえあればね。

——セミナーの受講料は高いんでしょ？

――無料だよ。お金は一円もかからないんだ。セミナーを受けてる間は一日三食付きで、個室も与えられるんだよ。

――話がうますぎるな。ネズミ講か何かの勧誘なんでしょ？　それとも、催眠商法の営業でも手伝わされるのかな？　受講終了後にさ。

――そんなふうに猜疑心《さいぎしん》が強くなっちゃったのは、派遣や契約社員でこき使われたからなんだろうな。悲しいことだ。子供のように無防備になって、わたしたちスタッフを信じてもらいたいな。

――そう言われても、あなたとは会ったばかりだしね。

――それじゃ、自己啓発セミナーの一日体験をしてみない？　セミナーの受講を見学して自分向きじゃないと思えば、それで終わりにしてもいいんだよ。

――そうなの。

――断った者はひとりもいないんだ、これまではね。一日体験者には、信じられないような特典があるんだ。健康な男なら、そのサービスは大歓迎だと思うね。

――健康な男が喜ぶサービスって、何なのかな。うまい喰い物と酒をたっぷり与えてもらえるの？

――もっと嬉しいサービスだよ。

――美女たちと混浴させてもらえるのかな？　まさかそうじゃないですよね？

――惜《お》しいな。きみは、いい勘してるね。セミナーを受ければ、有名企業に就職できるよ。

――どんな特典があるのか教えてほしいな。

――それは、お後《あと》のお楽しみ！　とりあえず、セミナーの合宿所に案内するよ。山梨まで迎えの車で送り届ける。ここ、すぐに出られるよね？

――ええ、それは。でも、なんか信じられないような話なんで、ちょっと二の足を踏んでるんですよ。

――生まれ変われる絶好のチャンスを逃したら、後で悔《く》やむことになると思うな。さ、行こう。立って、立って！

会話が途絶《とだ》え、福永巡査が椅子から立ち上がる気配が伝わってきた。それきり音声は熄《や》んだ。

「間もなく福永たちは外に出てくるだろう。そしたら、タイミングを計《はか》って、福永に声をかけた男を押さえ、任意同行《ニンドウ》を求める。いいな？」

生方は浜畑に言った。

「はい」

「ハンバーガー・ショップから新宿署《うち》の大竹が出てきたら、そっちは彼と組んでおれの後に従ってくれ」

「了解！」

浜畑が緊張した顔つきになった。

生方は覆面パトカーから降り、雑居ビルの向こう側まで走った。物陰に身を潜《ひそ》めたとき、ハンバーガー・ショップから大竹刑事が姿を見せた。

生方は黙って捜査車輛を指さした。大竹が覆面パトカーに足を向けた。

待つほどもなく雑居ビルから福永とクルーカットの男が現われた。

（読み筋通りだったな）

生方は、ほくそ笑《え》んだ。

福永たちは東宝会館の前を抜け、花道通りを左に曲がった。生方は二人を尾《つ》けながら、ごく自然に後方を振り返った。浜畑と大竹が数十メートル後から従《つ》いてくる。

福永はジャングル・ブーツを履いた男と花道通りを短く進み、東京都健康プラザの手前の脇道に入った。

そのまま行けば、職安《しよくあん》通りに出る。福永が不意にクルーカットの男に組みついたのは、左手にある大久保公園に差しかかったときだった。

怪しい男は前屈《まえかが》みに倒れそうになった。

しかし、次の瞬間には中段回し蹴りで福永を倒していた。すぐに踏み込んで、福永の顎《あご》を蹴り上げそうになった。

その前に福永がタックルした。

クルーカットの男は尻餅《しりもち》をつき、後方に倒れた。すかさず福永が男に覆《おお》い被《かぶ》さった。

だが、手錠サックに手を伸ばしたとき、横に振り落とされた。クルーカットの男は素早く跳《は》ね起き、福永の脇腹を蹴りつけた。

福永が体をくの字に折って、長く唸《うな》った。

生方は地を蹴った。駆けながら、腰から伸縮式の特殊警棒を引き抜く。

「やっぱり、警察だったか」

クルーカットの男が不敵な笑みを浮かべ、腰の後ろからマカロフPbを掴み出した。ロシア製のサイレンサー・ピストルだ。

生方は足を止め、中腰になった。

拳銃は携帯していなかった。後方の浜畑と大竹に手ぶりで身を伏せろと指示する。

「ハンドガンを足許《あしもと》に落とせ！　公務執行妨害罪と銃刀法違反で、おまえを現行犯逮捕する」

　生方は一歩ずつ前進した。

「それ以上、近づくな」

「奈良昌吾たち九人のフリーターは山梨のどこにいるんだっ」

「なんの話をしてるんだ？」

「とぼけるな。おまえがネットカフェを塒《ねぐら》にしてたフリーターを言葉巧《たく》みに誘い込んで、自己啓発セミナーとやらを受けさせてるんだろうが！　それだけじゃない。羽柴組が仕切ってた超高級クラブの娼婦たち九人もうまく釣って、合宿所に集めたんじゃないのか？」

「言ってることがわからないな」

「おまえは『東日本労働者ユニオン』の前の事務局長の別所辰巳に雇われたのか？」

「別所だって？　そんな名前の男は知らない」

「そっちは現職の自衛官なのか？　それとも、元自衛隊員なのかい？　ジャングル・ブーツを履き馴《な》れてるから、ただの勤め人じゃないはずだ」

「どうやら、おまえらは勘違いしてるようだな。四人とも腹這《はらば》いになれ！」

　クルーカットの男が声を張って、サイレンサー・ピストルのスライドを引いた。

　初弾が薬室に送り込まれたはずだ。引き金が絞られたら、九ミリ弾が放たれる。

「言われた通りにしろ」

生方は福永たち四人に言って、特殊警棒のスイッチ・ボタンを押した。

すぐにマカロフPbの銃口から赤い銃口炎《マズル・フラッシュ》が吐《は》かれた。

発射音は小さかった。空気が洩《も》れるような音がしただけだ。

生方は肩から横に転がった。放たれた銃弾は斜め後ろのアスファルトを穿《うが》ち、道端に落ちた。

クルーカットの男は二発連射すると、すぐ身を翻《ひるがえ》した。身ごなしは軽やかだった。

「非常線を張ってもらうんだ」

生方は部下たちに大声で命じ、すぐさま起き上がった。

クルーカットの男は、早くもだいぶ遠ざかっていた。生方は全速力で疾駆《しっく》した。手にしている特殊警棒が風を切り裂く。

男が職安通りを左に曲がった。

生方は懸命に追った。ほどなく職安通りに達した。

だが、クルーカットの男の姿は掻《か》き消えていた。近くの物陰に隠れたのだろう。

生方はあたりをうかがいながら、山手線のガードの先まで進んだ。しかし、逃げた男はどこにも見当たらなかった。

（そのうち非常線に引っかかるだろう）

生方は来た道を逆に走りはじめた。

第三章　巨大商社の暗部

1

警察電話の受話器が置かれた。

露木警部が暗い顔で吐息をついた。午後二時数分過ぎだった。捜査本部である。

「包囲網が解《と》かれたんですね？」

生方は、露木に話しかけた。

「そうだ。残念ながら、逃げたクルーカットの男は非常線に引っかからなかった。第七機動隊と各所轄署の二百数十人を動員したんだが、逃げられちまったよ」

「申し訳ありませんでした」

「生方が悪いわけじゃない。丸腰だったんだから、仕方ないさ」

「しかし……」

「露木さん、うちの係長《ハンチョウ》にはなんの落ち度もありません」

福永巡査が椅子から立ち上がり、捜査副主任の前に進み出た。

「自分の考えが甘かったんです。クルーカットの男をなんとか取り押さえられると思ったんで、大久保公園の横で組みついてしまったんですよ。身柄《ガラ》の確保は、係長たち三人に任せるべきでした。自分の判断ミスです」

「そっちの判断ミスでもない。逃げた野郎が手強《てごわ》かったのさ」

「それにしても、自分はだらしなかったと思います。失敗《ドジ》を踏んだわけですから、捜査本部から外されてもかまいません」

「福永、元の席に戻ってろ」

生方は部下に命じた。福永が短く迷ってから、少し前まで坐っていた椅子に腰かけた。

「逃げた奴は前科歴がありそうだな。現場に落ちてた三個の薬莢《やっきょう》には、まったく指紋《モン》が付着してなかった。布手袋を嵌《は》めてから、九ミリ弾を弾倉《マガジン》に押し込んだんだろう」

「ええ。前科歴がなくても、自衛隊関係者の指紋は警察庁《サッチョウ》のデータベースに登録されてますから、指掌紋《ししょうもん》が付着することを避けたんでしょう」

生方は言った。

「そうなんだろうな。データベースには前科者ばかりじゃなく、警察官、自衛隊員、海上保安官、麻薬取締官、民間のパイロット、船員なんかの指紋も登録されてる。だから、逮捕歴があると思い込むのは早計だな」

「そうですね。クルーカットの男の指紋は、警察庁のデータベースに入ってるかもしれないな。元自衛隊員なのか。そうならば、陸自のレンジャー部隊で特殊訓練を受けたことがあるんだと思います」

「そうなんだろうか」

「あいつは福永に背後から組みつかれても、倒れなかった。それどころか、鋭い中段回し蹴りを福永に見舞ったんです。銃器の扱いにも馴《な》れてました」

「陸自の連中が使ってる拳銃はシグだ。サイレンサー・ピストルを扱えるのは、生方が言ったように陸上自衛隊で特殊訓練を受けたことがあるからなのかもしれないな」

「多分、そうなんだと思います。それはそうと、別所宅を張り込んでる捜査班からは動きがないという報告しか上がってきてないんですね？」

「そうなんだ。別所はしばらく東京の自宅へは戻ってこないのかもしれないな。クルーカットの男の身許が割れなきゃ、緊急指名手配もできない」

「そうですね」

「しかし、そのうち突破口が生まれるだろう。武器を強奪した奴らはネットカフェの常連客の九人を抱き込んで、何かでっかい犯罪《ヤマ》を踏む気なんだろうから」

「それは間違いないでしょう。しかし、いったい何をやらかそうとしてるのか。それが読めないんですよね」

「そうだな。高級娼婦たちを買った各界の著名人たちから億単位の口留《ど》め料を脅し取ったようだが、それだけでは終わらないはずだ」

「でしょうね。露木さん、自殺した人気テレビ司会者以外の客はすべて借名口座に口留め料を振り込まされてたんでしょ？」

「ああ。それは確認済みだよ。振込先は、いずれも失業者の口座だった。おそらく犯人グループの一員がハローワークで失業者たちに接触して、彼らの口座を借りたんだろう。もちろん、多額の謝礼を払ってね」

「そうだろうな」

「振り込まれた金は、数日後に香港《ホンコン》のペーパー・カンパニーに集められてた。その後、全額が現地で引き下ろされてるんだ。そのペーパー・カンパニーの代表取締役はシンガポール国籍の中国人になってたんだが、実在する人物じゃなかったんだよ。引き下ろされた金は日本円で約四十六億円だったんだが、香港でユーロに両替えされて、スイスかオーストトリアの銀行の秘密口座に入金されたにちがいないよ」

「秘密口座に振り込まれたら、預金者の割り出しは不可能だな」

「ああ。八方塞《ふさ》がりの状態になってしまったが、そのうち必ず捜査は進展するさ。日本の警察は殺人事件の九割以上をこれまで解決してきたんだ。宮内を殺した犯人は絶対に検挙できる。勝負はこれからさ」

「もちろん、最後まで諦《あきら》めませんよ」

「生方、まだ昼飯を喰ってなかったよな？」

「ええ」

「気分転換に何か外で喰ってこいよ」

露木が言った。生方はうなずき、ほどなく捜査本部を出た。新宿署の裏手に行きつけの天ぷら屋がある。

生方は署を出た。

ビル風に煽《あお》られながら、天ぷら屋まで歩く。大衆食堂風の店構えだが、味は絶品だ。胡《ご》麻油《まあぶら》と菜種《なたね》油をブレンドした油で揚げた江戸前の天ぷらは香ばしい。

生方は店に入った。

中途半端な時間帯だからか、先客は三人しかいなかった。テーブル席とカウンターがある。

生方はカウンターの端に坐り、天ぷら定食を頼んだ。九百八十円だが、大振りの海老《えび》二本、烏賊《いか》、鱚《きす》、小柱《こばしら》の掻き上げ、茄子《なす》、獅子唐《ししとう》の天ぷらにご飯、味噌汁、香《こう》の物が付く。

番茶を啜《すす》りながら、天ぷら定食が届くのを待つ。

少し経つと、脈絡もなく死んだ亜希のことが頭に浮かんだ。

生方は基本的には霊魂の存在を信じていない。それでも心を交わせた故人たちが完全に〝無〟になってしまったと考えると、なんだか虚《むな》しい気分になる。亜希はいまも心の中に棲《す》んでいるが、どこかに魂めいたものが存在してほしいと願いたくなることもある。

射殺された宮内一樹のありし日の姿も脳裏に浮かんで消えた。惜《お》しい人間ばかりがどうして若死にしてしまうのか。神や仏がいるならば、そのような無慈悲なことはしないのではないか。

生方は天ぷら定食を瞬《また》く間に平らげた。

きょうもうまかった。一服してから、店を出る。

新宿署に戻ると、玄関ロビーで生活安全課の進藤刑事が本庁ハイテク犯罪対策室の春日《かすが》玲司《れいじ》次長と立ち話をしていた。

春日はちょうど四十歳で、職階は警視だ。有資格者《キャリア》だが、警察官僚としては出世が遅い。生方は以前から、そのことが気になっていた。しかし、その理由を詮索《せんさく》はできない。

「春日警視、お久しぶりです」

　生方は声をかけた。

「おう、生方君！　きみの活躍ぶりは耳に届いてるよ。二年数カ月前の女子大生殺害事件と美人ピアニスト殺しの犯人が同一だと看破《かんぱ》したんだから、この春の人事異動でてっきり本庁の捜一に戻ってくると思ってたんだが……」

「ここの刑事課に移れたんだから、それで充分ですよ」

「欲がないね、きみは。また本庁のエース刑事になってもらいたいよ。おっと、いけない。新宿署のお二人の前で、こういうことを口走るのはまずいね」

「春日さんが所轄に顔を出すなんて珍しいな。いったいどうしたんです？」

「新宿署管内に住む男子高校生がブログに故意に過激な書き込みをして、批判を集中させて愉《たの》しんでたんだ。いわゆる〝炎上〟の仕掛け人だったんだよ」

「そうですか」

「その高二の坊やはゲーム感覚で炎上させたんだろうが、標的にされた群馬県の女子中学生が数日前に自宅近くのマンションの最上階の非常階段の踊り場から飛び降り自殺してしまったんだ」

「全国から寄せられた批判的な書き込みに耐えられなくなったんですね？」

「そうなんだ。飛び降り自殺した少女は、ＫＹという流行語は大嫌いだと書き込み、空気が読めないとクラスメートをからかうことは優しさが足りないと訴えたんだよ。それに対して、男子高校生は偽善者と詰《なじ》る書き込みをしたんだ」

「いまの若い連中は周囲の者と同調しないと、すぐに異端者扱いする傾向がありますからね」

「そうなんだ。自己主張したり、個性を発揮すると、自然に浮いた存在になってしまう。ある意味では、怖い世の中だね」

「親たちが世間体を気にしたり、没個性のほうが生きやすいと考えてるから、子供たちも同じような考え方を持つようになってしまったんでしょう」

「そうなんだろうな。間接的に女子中学生を自殺に追い込んだ男子高校生は大学教授の倅《せがれ》で、名門私立高校に通ってるんだ。その子は過去に何度も〝炎上〟を仕掛けてたんで、ネットの接続業者《プロバイダー》から実名を割り出したんだよ。それで、わたしが本人と父親に意見したんだ。男子高校生は帰宅後に両親にこっぴどく叱られ、家出しちゃったんだよ。一昨日《おととい》の夕方にね。おそらくネットカフェを転々としてるだろうと思って、少年一係の進藤さんに彼の保護をお願いにきたんだよ」

春日が言った。

「そうだったんですか。日本のネット社会は無法地帯ですからね。闇サイトはいっこうに減ってないようだし、現に裏で殺人など凶悪犯罪を請け負《うお》ってる奴らがいます」

「そうだね。ヤフージャパンが国内初の検索サービスを開始した一九九六年には、ネットに女性器の画像を流した大学生が摘発されてる。米グーグルが設立された一九九八年には自殺サイトが社会問題になり、二〇〇〇年は中央省庁のホームページの改竄《かいざん》が相次《あいつ》いだ。ネットオークション詐欺《さぎ》が急増したのも、同じ時期だね」

「さすがスペシャリストだな」

「二〇〇一年には、十七歳の少年が出会い系サイトで知り合った三十代の人妻を殺害してしまった。その翌年には、男子高校生がネットで得た知識で時限爆弾を製造してる。二〇〇三年には、インターネットを介した集団自殺が多発した」

「九州でネットの書き込みを巡って、小学生の女の子が同級生を刺殺した事件もありましたね」

進藤刑事が会話に加わった。

「それは、二〇〇四年のことです。主に中・高校生が情報交換してる〝学校裏サイト〟は中傷が飛び交ってるんですよ。教室では仲よく見せかけてても、気に入らないクラスメートの悪口をしつこく書き込むんです」

「匿名《とくめい》をいいことに他人をとことんいじめるなんて卑劣《ひれつ》だな。春日さん、韓国はネット実名制になってるそうですね？」

「そうなんですよ。韓国ではネット接続契約や書き込みサイトへの登録の際、全国民に割り当てられた住民登録番号と氏名の提示を求められるんです。発信者が明らかになるわけですから、疚《やま》しい書き込みはできないわけですよ。ネット犯罪の防止にはなります」

「そうですね」

「日本でもトラブルが発生したとき、警察が容易に発信者をたどれるシステムを法文化すべきだと思いますが、接続業者は顧客のプライバシー保護を第一に考えてますんで、必ずしも捜査に協力的ではありません」

「ええ、そうでしょう」

「せめて接続業者《プロバイダー》に一定期間、通信記録《ログ》の保存義務を課してほしいものです。それだけでもハイテク犯罪事案の捜査には役立ちますからね」

「そうなんですが、個人のプライバシーや表現の自由は尊重しなければなりませんから、法の規制は難しいんでしょう？」

「そうなんですよ。しかし、何らかの形でネット犯罪に歯止めをかけませんとね。二〇四年にはファイル交換ソフト『ウイニー』の開発者が逮捕され、二〇〇五年には闇サイトで殺人を依頼した主婦と実行犯が検挙されました。個人情報を盗むフィッシングで初の逮捕者が出たのも、確か同じ年です。二〇〇六年には『ウイニー』による情報漏洩《ろうえい》が多発して、去年は闇サイトで知り合った男三人が帰宅途中のOLを殺害してしまった」

「今年の一月、京都府警がウイルスを作った大学院生を全国で初めて摘発しましたよね?」

生方は春日に確かめた。

「そうなんだ。現行法だとね、ウイルスの作成だけでは刑事罰は科せられないんだよ。だから、京都府警は大学院生を著作権法違反容疑で捕まえたんだ。苦肉の策だね。ウイルスを作った人物を断定できる記録が残ってなければ、摘発はできないんだよ」

「そうでしょうね。ネット絡みの犯罪を少なくすることは急務ですが、いまや国内で九千万人近くがネットを利用してるみたいですから、当然、利点もあるはずです。ネットは犯罪の温床《おんしょう》という思い込みを持つことはよくないんじゃないのかな?」

「匿名の掲示板にも、真面目なコメントがたくさん寄せられてるんだ。日本人は本音と建前を上手に使い分けてる者が大半だが、親切心から忠告してる書き込みも多いんだよ。しかし、問題のある出会い系サイト、自殺サイト、裏サイトは野放し状態だ。ネット詐欺も増える一方なんだよ。だから、やはり何らかの規制は必要だね」

春日が言葉を切って、進藤に顔を向けた。

「例の高校生を保護したら、すぐに連絡してくださいね」

「わかりました」

「それでは、よろしくお願いします」

「はい」

進藤が春日を玄関先まで見送り、生方のいる場所に引き返してきた。

片脚をわずかに引きずっている。だいぶ前にチンピラに逆恨《さかうら》みされてナイフで太腿《ふともも》を刺されたのだが、人情刑事は多くを語りたがらない。とうに進藤は加害者の若気《わかげ》の至《いた》りを赦《ゆる》しているのだろう。

「ブログの炎上を仕掛けて群馬の女子中学生を自殺に追い込んだ高二の少年は、どんなふうに親に叱られたんです？」

生方は訊いた。

「父親にパソコンをハンマーで叩き壊されて、二度とネットに接続するなと言い渡されたらしいんだよ。そうしなければ、即刻、勘当だとも言われたみたいだね。その子は篠力《しのっとむ》という名なんだが、小二のときに父親からパソコンを与えられたらしいよ。ひとりっ子の彼にとっては、パソコンが放課後の遊び相手だったんだろう」

「母親は専業主婦じゃないんですね？」

「照明デザイナーとして働いてるそうだ。出張に出かけることも多く、力君はお手伝いさんと過ごすことが少なくなかったらしい」

「寂しい幼少時代を送ったんだろうな」

「そうみたいだよ。だから、パソコン操作に熱中したんだろうね。中一のときには、ハッキングの裏技をマスターしたって話だったな。それで、〝男爵〟というハンドルネームでいろんなサイトに書き込みをしたり、大企業のシステムに侵入してたらしい。特殊な数字を打ち込むと、識別符号《パスワード》もわかるんだってさ」

「中学生が〝男爵〟なんて渋いハンドルネームを選ぶとは意外だな」

「春日さんから聞いた話なんだが、コンピューター・フリークたちによく知られた天才ハッカーが〝バロン〟というハンドルネームを使ってたというんだよ。その〝バロン〟は二十数年前から政府機関や大企業のシステムに潜り込んで、いろいろ悪さをしてたらしいんだ。情報を盗んだり、ウイルスを撒《ま》き散らしたりね。ここ数年は鳴りをひそめてるそうだが、数々の伝説があるそうだよ。コンピューター・フリークたちの英雄《ヒーロー》だったらしい」

「篠力って坊やは天才ハッカー〝バロン〟にあやかって、〝男爵〟をハンドルネームに選んだんだな」

「多分、そうなんだろう。春日警視は力って子がその気になれば、日本の政治や経済を混乱させることもできるだろうと言ってた」

「恐ろしいガキだな。早いとこ篠力って高校生を保護してください」

「風紀捜査係の連中の手を借りて、都内のネットカフェを一軒ずつ当たってみるつもりなんだ」

「そうですか」

「その後、捜査本部事件の捜査はどうなってるんだい？」

進藤が問いかけてきた。

生方は質問に答えた。口を閉じたとき、交通課の脇から紅林良子が現われた。

「係長、早く聞き込みに出かけないと……」

「すまん、すまん！　いま行くよ」

進藤が両手を合わせ、生方に目顔《めがお》で別れを告げた。生方は進藤たちを見送ってから、エレベーターで五階に上がった。

捜査本部に足を踏み入れると、いつもとは様子が違った。何か大事件が発生したようだ。捜査員たちは、誰もが緊張した面持《おもも》ちだった。

生方は中尾刑事課長に走り寄った。

「何があったんです？」

「十数分前、千代田区丸の内にある角紅《かくべに》商事本社ビルに二発のロケット砲弾が撃ち込まれた。それから、一階の玄関ロビーに黒いフェイス・キャップを被った男が押し入り、短機関銃《サブマシンガン》を乱射したんだ」

「なんてことなんだ。それで、死者が出たんですか？」

「四、五人の社員が負傷しただけで済んだようだ。まだ断定はできないんだが、砲弾のかけらは九十四ミリ弾とわかったらしいんだよ。朝霞駐屯地から盗まれたLAW80が使われたのかもしれないぞ。大変な惨事になってしまった。それも、本事案と関わりがありそうなんで……」

課長の声は暗かった。

「短機関銃は何だったんです？」

「イスラエル製のウージーだったという話だよ」

「同じサブマシンガンが『白菊葬儀社』の倉庫から盗まれてます。二つの銃器強奪事件は、同一犯の仕業《しわざ》と考えてもいいでしょう」

「おそらく、そうなんだろうな。本庁機捜《きそう》の初動班と丸の内署の署員たちが臨場してる。

きみも現場に行ってくれないか」

「わかりました」

「浜畑と一緒に臨場してくれ」

露木が生方に言って、自分の部下を大声で呼んだ。

生方は浜畑と捜査本部を飛び出し、エレベーターに乗り込んだ。ギャランに走り寄る。

浜畑の運転で、丸の内に向かった。生方は覆面パトカーの屋根《ルーフ》に赤色灯を装着した。浜畑が一般車輌をごぼう抜きにしていく。
二十四、五分で、事件現場に到着した。
角紅商事は大手商社で、関係企業を含めれば二万数千人の社員がいる。本社ビルは三十六階建てだった。西側の三階の外壁が黒く焦《こ》げている。炎は見えない。

生方たちは捜査車輌を降り、本社ビルの表玄関に足を向けた。

立入禁止の黄色いテープの前には、夥《おびただ》しい数の報道関係者が群れていた。

生方たち二人はテープの下を潜《くぐ》り、本社ビルの表玄関に近づいた。初動班と鑑識係員たちが忙しげに動き回っている。

大きなガラスの扉は銃弾で撃ち砕かれていた。エントランス・ロビーの大理石の床には、ところどころ弾痕が見える。どうやらサブマシンガンを掃射した犯人は、威嚇射撃しただけらしい。

「ご苦労さま！　負傷者数を教えてください」

生方は、旧知の初動班捜査員に声をかけた。

「三階にいた五十代の男性社員が砲弾の破片を肩に受けて、全治三週間の怪我を負いました。一階にいた三人の受付嬢と来客の男性が逃げ惑《まど》って転倒し、肘《ひじ》や顔面に打撲傷を負っただけです。短機関銃をぶっ放した男は、人を殺傷する気はなかったんでしょう」

「黒いフェイス・キャップを被った奴の年恰好《としかっこう》は？」

「三十歳そこそこだったようです。そいつが乱射後、待機してた仲間のエルグランドに乗り込んで大手町方向に逃走したことは複数の証言ではっきりしてます」

「エルグランドのナンバーは？」

「ナンバー・プレートは外されてたようです」

「ロケット弾の発射地点はわかったんですか？」

浜畑刑事が口を挟んだ。

「犯人は本社ビルの西側にある街路樹の太い枝によじ登って、そこから三階の外壁に九十四ミリ砲弾を撃ち込んだようです。ロケット・ランチャーは、さきほどＬＡＷ80対戦車軽量兵器と判明しました」

「ロケット砲弾を撃ち込んだ奴は？」

「やはり、三十歳前後の男だったそうです。そいつも黒いフェイス・キャップで顔面を隠してたらしいんです。それから、左の耳に受令機のイヤホンを突っ込んでたそうですよ」

「近くに指揮官がいて、そいつが指示を与えてたんだろう」

生方は、浜畑より先に応じた。

「そうだったんでしょうね」

「ロケット砲弾を放った奴は、どちらに逃げたんです？」

「日比谷方向に走り去ったようです。そのときは、発射筒は一メートルほどに縮めてあったそうです。多分、日比谷側にも仲間の車が待機してたんでしょう」

「そうだろうな。盗まれた銃器がついに使われてしまった。最悪の事態になったな。犯人グループは、巨大商社を標的にして何を企んでるんだろうか」

「犯行目的は見えてきませんが、一種の威嚇《いかく》だったんですかね？」

初動班の捜査員が言った。

「社員に死者が出てないわけだから、単なる威嚇行為か警告だったと解釈したほうがいいでしょう。無差別テロなら、大勢の死傷者が出てるはずですから」

「そうでしょうね。どの巨大商社も同じでしょうが、屋台骨《やたいぼね》がでっかいから、殿様商売はできません。角紅商事は、過去に日本政府が東南アジア諸国に与えた巨額のＯＤＡの大半をインフラ工事受注という名目で吸い上げてますよね？」

「そうだったな。その際、相手国の王族や政府高官に袖の下を使ったことが発覚して、中間管理職数人が泥を被って、会社には無断で贈賄行為に及んだと証言したはずです」

生方は言って、改めて角紅商事の本社ビルを見上げた。巨大な墓石を連想させた。

2

ようやく緒《いとぐち》を摑んだ。

前夜、角紅商事本社ビルの玄関ロビーに落ちていた十九個の短機関銃の薬莢の一つに奈良昌吾の右手の指紋が付着していたことが明らかになったのである。イスラエル製のサブマシンガンで扇撃《ファンニング》したのは、歌舞伎町のネットカフェの常連客と考えてもいいだろう。

「これで、武器強奪グループと九人のフリーターがつながりましたね」

生方は、テーブルの向こう側にいる露木警部に言った。

捜査本部である。午後二時を回っていた。

「ああ、そうだな。朝霞駐屯地と『白菊葬儀社』の倉庫から武器を盗み出した奴らが奈良たちネット難民に角紅商事の本社を襲わせたんだよ」

「ええ、それは間違いないですね」

「昨夜《ゆうべ》の騒ぎは、単なる威嚇行為だと思うね。死者は出てないからな。捜査班の報告によると、角紅商事の重役たちは何かを隠そうとしてる気配があるらしいんだ。企業不正があると考えてもよさそうだな。奈良たちを背後で操った連中は凄腕のハッカーを角紅商事のシステムに潜り込ませて、企業犯罪の証拠を押さえたにちがいない」

「そして、口留《ど》め料を要求した。しかし、角紅商事は脅迫には屈《くっ》しなかった。それで、犯人グループは奈良たちに本社ビルの三階にロケット砲弾を撃ち込ませ、さらに一階ロビーで短機関銃をぶっ放させたと考えられる」

「角紅商事に粉飾決算、大口脱税、有力政治家への裏献金なんかがあったんだろう。その裏付けを取ることだな。それで、本庁の組対《そたい》四課に情報提供してもらったんだよ」

露木が言った。組対四課の正式名称は、組織犯罪対策第四課である。

同課は二〇〇三年の組織改編まで、捜査四課と呼ばれていた。暴力団や犯罪集団が関与した殺人、傷害、暴行、脅迫、放火、恐喝、賭博などの犯罪を摘発している。荒っぽい連中を捜査対象にしているからか、強面《こわもて》の刑事が多い。やくざよりも凄《すご》みを利かせている者もいる。

「有力な情報は？」

「あったよ。角紅商事の番犬と呼ばれてる大物総会屋の徳大寺《とくだいじ》朋憲《とものり》が先月の末から息のかかったブラック・ジャーナリストや暴力団関係者を使って、首都圏のプロバイダー、ネットカフェ、パソコン専門誌の編集部を回らせてたんだ」

「やっぱり、角紅商事はハッカーに企業犯罪の証拠を握られてたんだな」

「それは、間違いないよ。それから、角紅商事が謎の脅迫者に強請《ゆす》られたこともな」

「そうですね」

生方は相槌《あいづち》を打った。

総会屋は二つのタイプに分けられる。大企業の株主総会をスムーズに進行させたり、クレーマーを黙らせるのは与党派だ。それとは逆に大企業のさまざまな不正をちらつかせて、数百万円の〝車代〟をせしめているのが野党派である。野党派総会屋のほうが多い。

七十一歳の徳大寺は、四十代後半まで野党派総会屋の大物として有名企業に恐れられていた。しかし、商法が改正されると、今度は与党派に転じた。現在、十数社の大企業の用心棒を務《つと》めている。

「徳大寺は正体不明の企業恐喝屋が名うてのハッカーを雇って、角紅商事の不正を摑んだと推測したんだよ」

「そのハッカーを突きとめれば、黒幕にたどりつけると踏んだんでしょう」

「そう考えてもいいだろうな。捜査班の何人かを徳大寺に貼《は》りつかせてみよう」

「そうですね。人選は露木さんに任せます」

「わかった。生方は浜畑を連れて、奈良昌吾の実家に行ってみてくれないか。捜査資料によると、奈良の実家は名古屋の郊外にあるんだったよな？」

「そうです。これから、すぐ行ってみます」

「ああ、頼む」

露木が口を結んだ。

そのとき、中尾刑事課長が捜査本部に駆け込んできた。緊張した顔つきだった。

「課長、何があったんです？」

生方は先に口を切った。

「防衛省情報本部から電話があったんだ。例のＬＡＷ80を奪った奴らの侵入口がわかったそうだよ」

「空から侵入したんでしょ？」

「いや、そうじゃなかったらしい。弾薬庫の近くのフェンスにカーペットを被せて、鉤《フック》付きのグラップリング・ロープを引っ掛け、駐屯地に侵入したようだ。金網にカーペットの繊維片《せんいへん》がわずかに付着してたらしいんだよ」

「てっきり洋凧《カイト》を使ったと思ってましたがね」

「防衛省情報本部の話によると、陸自では急襲作戦でよくそういう方法を取るそうだ。フェンスをカーペットや毛布で覆えば、金網をよじ登る音は掻き消せる。それから、鉤《フック》を掛ける音も消せるよな？　体も傷《いた》めない」

「そうですね。そういう侵入方法を心得てるってことは、対戦車軽量兵器を盗んだ奴らは現職か元自衛隊員なんだろうな」

「防衛省情報本部は、現職自衛官の犯行とは考えてないようだった。元隊員たちを洗いはじめてるようだ」

「駐屯地のセキュリティ・システムは、そうたやすく破ることはできないはずです。内部に協力者がいたんじゃないのかな？」

露木が会話に加わった。

「その件については、防衛省情報本部は触《ふ》れたがらなかったんだ。防犯システムは民間会社の何倍も堅固らしいんだが、凄腕のハッカーなら、プログラミングを狂わせられるかもしれないと言ってた。現にセキュリティ・システムは働かなかったわけだから、その通りなんだろうね」

「ええ」

「元自衛官たちが結託《けったく》して、奈良たち九人のフリーターを煽動《せんどう》し、実行犯にしたんじゃないだろうか。ネットカフェを塒《ねぐら》にしてる彼らは、格差社会の犠牲者とも言える。社会にいろいろ不満を持ってるにちがいない」

「そうですね」

「自己啓発セミナーで巧《たく》みに煽《あお》られれば、アナーキーな衝動も芽生えるだろう。それはそうと、別所辰巳は恵比寿の自宅に戻る気配はないのかな？」

「捜査班の連中が交代で終日《しゅうじつ》、張り込んでるんですが……」

「そうか。しかし、捜査は少し進展したんだ。気を緩《ゆる》めることなく、職務を果たしてくれないか」

中尾課長がそう言い、刑事課に戻っていった。

「予想外だったな、駐屯地に忍び込んだ奴らの侵入方法は」

露木が苦笑した。

「ええ、ちょっと考え過ぎでしたね」

「ああ。よく考えてみると、何も空から侵入することはなかったわけだ。すでに防犯システムは作動しないように細工済みだったんだから」

「そうですね。こっちが余計なことを言いだしたんで、捜査班のメンバーに駐屯地の周辺を駆けずり回らせてしまった。悪いことをしたな。税金の無駄遣いですね」

「生方、気にするな。防衛省情報本部から情報がもたらされるまで、侵入口がわからなかったんだからさ」

「気を取り直して、聞き込みに行ってきます」

生方は相棒の浜畑刑事を呼び、そのまま署の一階に降りた。

ギャランで奈良昌吾の実家に向かう。ステアリングを握ったのは、浜畑だった。首都高速渋谷線経由で、東名高速道路に入る。

名古屋ＩＣ《インターチエンジ》を降りたのは、およそ三時間後だった。

奈良の実家は、名古屋市守山《もりやま》区の外れにあった。住宅街の一角にある二階家だった。敷地は七十坪前後だろうか。

庭木の新緑が瑞々《みずみず》しい。樹々の葉が風にそよいでいる。

ギャランを奈良宅の少し手前に停め、生方たちは車を降りた。浜畑がインターフォンのボタンを押した。

ややあって、スピーカーから女性の声で応答があった。

生方は小声で刑事であることを告げ、来意も伝えた。

相手は奈良の母親だった。狼狽した様子でポーチに現われた。五十代の後半だろう。地味な容姿で、化粧っ気もない。

生方たちは、玄関ホールに接した応接間に通された。十畳ほどの広さで、北欧調のソファ・セットが置かれている。

「昌吾の母親の加代《かよ》です。どうぞお掛けになってください」

「はい」

生方は長椅子に浜畑と並んで腰かけた。加代が生方の正面に坐った。

「息子が何か悪いことをしたんですね？」

「まだ確証があるわけではないんですが……」

生方は前夜の事件のことを話した。

「角紅商事の本社ビルの一階ロビーで、昌吾が短機関銃を撃ちまくったですって⁉　そんな話、とても信じられません。きっと何かの間違いです」

「そう思いたいでしょうが、事件現場で採取した薬莢の一つに息子さんの指紋が付着してたんですよ」

「そうだったとしても、昌吾が乱射したとは断定できませんよね？」

「確かに断定はできません。しかし、その疑いはきわめて濃いですね。息子さんがだいぶ以前から歌舞伎町のネットカフェで仮眠をとりながら、派遣の仕事をしてたことはご存じでした？」

「昌吾はウィークリー・マンションを転々としてると言ってましたが、ネットカフェで仮眠をとる毎日だったんですか!?　そんな暮らしをしてるんだったら、名古屋に戻ってくればよかったのに」

「Uターンしたら、負け組になると思ったんでしょう」

　生方は、奈良たち九人のネットカフェ難民が歌舞伎町から消えた事実を喋った。高級娼婦たちが同じ時期に姿をくらましたことは明かさなかった。

「先月の末、昌吾から珍しく電話がありました。どこかで合宿しながら、自己啓発セミナーを受けてると言ってたんですけどね」

「合宿先は山梨県のどこかにあるようなんですが、場所はまだ不明なんですよ」

「昌吾も詳《くわ》しい場所までは教えてくれませんでした。高原だから、朝晩の温度差があると言ってましたけど」

「そのほかには、どんなことを言ってました？」

「そのセミナーをちゃんと受ければ、一流企業の正社員になれるんだと嬉しそうに言ってましたね。セミナーは無料で、合宿中は一日三食付きだとも」

「そうですか」

「部屋は個室で、ベッドはダブルなんだとか」

「ダブルベッドですか」

「ええ、息子はそう言ってましたね」

奈良加代が口を閉じた。

九人の高級娼婦は、セミナー受講者たちのベッド・パートナーを務めているようだ。二、三十代の男は性的な欲望が盛んである。性技に長《た》けたコール・ガールにたちまち溺《おぼ》れてしまうだろう。日替わりで相手が異《こと》なったら、性の虜《とりこ》になるにちがいない。

さらに金をたっぷりと与えられたら、自制心が働かなくなるのではないか。セミナーでマインド・コントロールされなくても、合宿先から逃げ出す気にはならないだろう。

それどころか、ワーキングプアの屈辱感が反社会的な行動を誘発することになるかもしれない。何年も虐《しいた》げられつづけると、人間は卑屈になるか、捨て鉢になるものだ。

いったん開き直れば、法律もモラルも気にならなくなる。むしろ、さまざまな負の感情《ルサンチマン》が下剋上《げこくじょう》の歓びを求めはじめる。うまく立ち回って富や名声を得た成功者たちを怯《おび》えさせて、ひざまずかせたくなるにちがいない。

プライドを棄《す》てきれないワーキングプアならば、そうした荒ぶる潜在的な衝動を秘めているだろう。

自己啓発セミナーを企画したと思われる別所は社会の片隅でくすぶっている若いフリーターたちを煽動《せんどう》し、一種の世直しをしたいのか。それとも奈良たちに汚れ役を演じさせて、大企業から巨額を脅し取りたいだけなのだろうか。

「自己啓発セミナーを企画したのは、『東日本労働者ユニオン』の前事務局長の別所辰巳という男みたいなんですが、息子さんはそのあたりのことをどう言ってました？」

浜畑刑事が奈良の母親にたずねた。

「具体的な名前は口にしませんでしたけど、セミナーの主催者は貧困層の味方で、大企業を憎んでるようだと洩らしてました。昌吾は、その方を尊敬してるみたいでしたね」

「すっかり洗脳されてしまったのかもしれないな。感化と言ったほうが正しいんだろうか」

「洗脳？　息子は新興宗教団体に何か暗示をかけられて、犯罪行為に及んだんでしょうか？」

「怪しげな教団は、絡んでないと思います。それから、催眠術や薬物で息子さんたちが操《あやつ》られてるんではないでしょうね。多分、セミナーの講師の話術に引っかかったんでしょう」

「そうなんでしょうか。昌吾が短機関銃を乱射したことがはっきりしたら、どうなるんです？」

「警察は裁判所に逮捕令状を請求して、全国指名手配することになるでしょう」

「顔写真付きの指名手配書が交番に貼られるのね。そんなことになったら、わたしたち一家は名古屋にはいられないわ。夫は二年後に会社を停年になるんですけど、その前に退職願を出さなければならないでしょうね。昌吾の妹は真面目なサラリーマンの方と数ヵ月前に婚約したんですけど、おそらく破談になるでしょう。昌吾は、なんてことをしてくれたのっ」

加代がヒステリックに叫び、両手で顔面を覆った。そのまま、ひとしきり泣いた。

「まだ息子さんが犯罪者と決まったわけじゃありませんよ」

生方は加代を慰《なぐさ》めた。

「気休めはおっしゃらないで。事件現場に落ちてた薬莢から息子の指紋が検出されたのなら、昌吾が乱射したんでしょう。息子は体は大きいけど、子供みたいに他人に影響されやすいから、悪事の片棒を担《かつ》いでしまったんだわ」

「ええ、そうなんだと思います。息子さんは携帯電話を使ってましたでしょ？」

「はい。でも、先月の二十日ごろから電話はつながらなくなったんですよ。セミナーの関係者に携帯を取り上げられちゃったんじゃないのかしら？」

「そうなのかもしれませんね。息子さんからの電話は、こちらの固定電話にかかってきたんですか？」

「はい。ナンバー・ディスプレイ機能付きになっていないんで、昌吾が使った電話の番号は記録されてないんです」

「そうですか。また息子さんが電話をかけてきたら、ご家族のどなたかが急病で倒れられたとでも言って、とにかく一度こちらに帰るよう諭《さと》してもらえませんかね？」

「昌吾を逃がしてやろうとは考えてませんけれど、そんなことはできません。わたしの目の前で息子が手錠を掛けられるとこなんか見たくないわ」

「そうでしょうね。身勝手なお願いをしてしまったな。謝ります」

「謝っていただかなくてもいいんですよ、刑事さんのお立場もわかりますから。でもね、わたし自身がわが子を警察に引き渡すことはできません。立派な母親なら、そうするでしょうけどね。わたしは平凡な女ですから、とてもそこまで理性的にはなれないんです。ごめんなさい」

「お母さんのお気持ち、よくわかりますよ」

「昌吾から電話があったら、わたし、うまく居所を探り出します。そして、あなたに必ず連絡しますよ。だから、刑事さんたちの手で昌吾を捕まえてください」

加代が言った。

生方は自分の名刺をコーヒー・テーブルの上に置き、静かに立ち上がった。相棒が生方に倣《なら》った。

「テレビのニュースによると、玄関ロビーにいた三人の受付嬢と取引先の社員の方は撃たれてはいないんですよね？」

加代が生方に問いかけてきた。

「ええ。逃げ惑《まど》って、転んで肘《ひじ》や脚に打撲症を負っただけです。しかし、銃刀法違反に発射罪が加わりますから、実刑は免れないでしょうね」

「でも、昌吾は四、五年で刑務所から出られるんでしょ？」

「多分ね」

「それなら、一家でどこかに引っ越して、息子を待つことにします。犯罪者になったとしても、わが子は宝物ですもの」

「親不孝者だな、昌吾君は。どうもお邪魔しました」

生方は応接間を出て、そのまま靴を履《は》いた。

玄関を出るとき、応接間から加代の嗚咽《おえつ》が洩《も》れてきた。生方たちはポーチに出て、そっと玄関のドアを閉めた。遣《や》り切れない気分だ。

表に出たとき、捜査本部にいる露木から電話がかかってきた。

「生方、奈良昌吾の居所はわかったか？」

「そこまでは摑めませんでしたが、多少の収穫はありましたよ」

生方は聞き込みの結果を伝えた。

「やっぱり、奈良たち九人は自己啓発セミナーとやらに参加してたんだな。受講生たちにダブルベッドの置かれた個室を与えられてるんなら、消えた九人の高級娼婦も同じ所にいるんだろう」

「多分、そうでしょう。そして、女たちは実行犯にさせられてるフリーターに性的な奉仕をしてるんだと思います」

「破格の報酬を貰ってな」

「ええ、そうなんでしょう。奈良たちを操ってる奴らは高級娼婦を抱いた各界の有名人から約四十六億円を脅し取ってるようですから、娼婦たちに破格のギャラを払っても、たいした経費にはなりません」

「そうだな。汚れ役を演じてる九人のフリーターに仮に一千万円ずつ渡しても、それほど痛い支出じゃない」

「ええ。問題は首謀者が誰なのかですね。別所がボスなのか、自衛隊関係者が背後で糸を引いてるのか。まだ黒幕の顔は透《す》けてきませんからね」

「そう遠くないうちに、闇の奥からビッグ・ボスを引きずり出せるだろう」

「そうしたいですね。これから、東京に戻ります」

「わかった」

通話が打ち切られた。生方は携帯電話を二つに折り畳んだ。夕陽が美しかった。

3

新宿署に戻ったのは、午後九時過ぎだった。

生方は、ひとりで捜査本部に入った。

浜畑刑事はトイレに立ち寄っている。捜査員の姿は疎《まば》らだった。

「ご苦労さん！　角紅商事本社ビルにロケット弾を撃ち込んだ奴らが夕方六時にマスコミ各社に犯行声明を寄せたぞ」

露木がそう言いながら、大股で近づいてきた。

「犯行グループは正体を明かしたんですね？」

「ああ、『羊の群れ』と称してる。角紅商事が商道に悖《もと》ることばかりしてるんで、諌《いさ》めてやったという声明内容だった。それから、グループ企業で働いてる契約社員を全員すぐに正社員にしなければ、本社ビルを爆破すると予告もしてたな」

「犯行声明は各社にファックスで送りつけられたんですか？」

「いや、池袋のネットカフェから各社にメールが……」

「その店に捜査班は？」

「もちろん、行かせたさ。少し前におれの部下から報告が上がってきたんだ。犯行声明を発信した男は主要マスコミにメールを送信してから、ブログに書き込みをした後、店を出ていったらしいんだ。〝男爵〟というハンドルネームを使ってたというんだよ」

「えっ⁉」

「何か思い当たることがありそうだな？」

「ええ、ちょっとね」

生方は、家出中の篠力のことを話した。

「その高校生がハッキング・テクニックを身につけてるんなら、角紅商事のシステムに侵入して、さまざまな極秘事項を盗み出したとも考えられるな。そして、企業恐喝グループに情報《ネタ》を提供した可能性もある」

「ネットカフェの店長や従業員は、〝男爵〟というハンドルネームを使った客が十代の少年であることを確認してるんですか？」

「店の連中は、その客の顔まではよく見てないらしいんだ。というのは、〝男爵〟はスポーツ・キャップを被って、色の濃い大きなサングラスをかけてたというんだよ。割に服と靴が若々しかったそうだから、家出中の高校生と考えていいかもしれない」

「そうなんだろうか」

「その客はブログの書き込みを消去しないまま、急に店を出ていったらしいよ。何か急用を思い出したんだろうな」

「だとしても、パソコンの電源は切るでしょう？」

「ま、そうだろうな」

「何か作為《さくい》が感じられますね。サングラスで顔を隠してた客は、店の者たちに犯行声明のメールを発信したことを意図《いと》的に印象づけたかったにちがいありませんよ」

「言われてみれば、確かに不自然だな」

「角紅商事のシステムに潜り込んだハッカーが、〝男爵〟というハンドルネームを使った篠力に疑いの目が向くよう工作した疑いがありますね」

「そうか、そうだな」

「生安課の進藤さんの話では、篠力は伝説の天才ハッカーの〝バロン〟に憧《あこが》れて、自分のハンドルネームを〝男爵〟にしたらしいんですよ」

「そうなのか。〝バロン〟が角紅商事のシステムに潜り込んで、不正の証拠を握ったとは考えられないか？」

「〝バロン〟は、しばらく鳴りをひそめてるというんですよ。何か人生観に変化があって、ハッキングはやめたのかもしれません」

「天才的なハッカーが企業恐喝屋たちに協力するとは思えないが。銭《ぜに》が欲しいんだったら、当の本人が巨大商社に裏取引を持ちかけりゃいいわけだから」

「そうですね。自己啓発セミナーを受講したフリーターたちの中に、ブログの炎上の仕掛け人の〝男爵〟のことを知ってる奴がいて、罪を被せようとしたんだろうか」

「それ、考えられるな」

　露木が指を打ち鳴らした。

「池袋のネットカフェには防犯カメラが設置されてるんですかね？」

「いや、防犯カメラはないらしい」

「そうですか。サングラスの男をビデオ録画でチェックしたかったんですがね。篠力が保護されたかどうか確かめてみます」

生方は懐から携帯電話を取り出し、生活安全課の進藤刑事に連絡を取った。

電話は、じきにつながった。

「例の家出高校生、保護しました？」

「まだ篠力は見つけられないんだよ。手分けして、都内のネットカフェを回ってるんだがね。ひょっとしたら、どこか遠くへ行ってしまったのかもしれないな。なぜ、彼のことを……」

進藤が問いかけてきた。生方は経緯《いきさつ》を語った。

「池袋のネットカフェを利用したサングラスの男は、篠力じゃないだろうね。パソコンに馴《な》れ親しんでる高校生が書き込みをそのままにして店を出るなんて、とても考えられない。おそらく誰かが〝男爵〟も、『羊の群れ』の一味だと思わせたかったんだろう」

「こっちも、そう読んだんですよ」

「そうか。篠力を保護したら、すぐ生方君に教えるよ。何か捜査本部事件の手がかりを得られるかもしれないからね」

「よろしくお願いします」

「わかった」

電話が切られた。いつの間にか、露木は定席に腰かけていた。

「まだ〝男爵〟は保護されてないようだな」

「そうらしいんですよ」

生方は露木と向かい合う位置に坐り、キャビンに火を点けた。

そのすぐあと、警察電話が鳴った。露木が受話器を取った。遣《や》り取りは数分で終わった。

「本庁組対《そたい》四課から有力な情報が入った。角紅商事の番犬の徳大寺の手下の者がコンピューター・フリークの男を殴りつけて、伝説のハッカー〝バロン〟のことをしつこく訊いたとかで、渋谷署に逮捕されたそうだ」

「ということは、〝バロン〟が角紅商事のシステムに侵入して、不正の証拠を摑んだのかもしれないわけか」

「そうだとしたら、与党総会屋の徳大寺は〝バロン〟が『羊の群れ』に加担してるんではないかと睨んだんだよ」

「でしょうね。徳大寺の推測通りだとしたら、〝バロン〟は角紅商事に巨額の口留め料を要求したんだな」

「そうにちがいないよ。しかし、角紅商事は取り合わなかった。だから、奈良昌吾たちが威嚇行動に出た。犯行声明の内容にビビって、大手商社は犯人側の要求を呑《の》む気になりそうだな。実は、徳大寺を別件で引っぱる用意をしてあるんだ。大物総会屋は毎朝タイムスの経済部記者が取材先の精密機器会社が画期的な新製品の開発に成功したことを技術部長から聞き出して、その会社の株を従弟《いとこ》に数万株買わせたんだよ」

「インサイダー取引をして、小遣いを稼いだんですね？」

「そうなんだ。新製品のことを記事に取り上げたとたん、その会社の株価は高騰《こうとう》した。記者の従弟は持ち株を売って、二百数十万円を儲けた。記者たち二人は、それを山分けしたんだよ」

「徳大寺は経済部記者を強請《ゆす》って、金を脅し取ろうとしたわけだ」

「いや、金を要求したんじゃないんだよ。徳大寺は記者を脅して、インサイダー取引でひと儲けできる情報を自分にすべて教えろと脅迫したんだ」

「そうですか」

「徳大寺をすぐに別件で逮捕するか？」

「相手は大物総会屋といっても、角紅商事に飼われてる番犬です。スポンサーに不利になるようなことは喋らないと思うがな」

「別件逮捕しても無駄になるか？」

「ええ、おそらくね」

「そうだろうな」

露木が言って、茶を口に含んだ。生方は、短くなった煙草の火を揉み消した。

そのとき、露木の携帯電話が着信音を発した。すぐに露木は携帯電話を耳に当てた。

「えっ、角紅商事の本社ビルの地下駐車場にコンテナ・トラックが潜り込んだって⁉」

「………」

「ああ、考えられるな。コンテナ・トラックが出てきたら、おまえら四人は尾行してくれ」

「………」

「ちょくちょく報告を上げてくれ」

通話が終わった。

「角紅商事はコンテナ・トラックに現金《ゲンナマ》を積んで、脅迫者グループに渡す気なんでしょうか？」

生方が先に口を切った。

「おれは、そう推測したんだ。本社ビルの地下駐車場にコンテナ・トラックがいつも出入りしてるとは思えないからな。社員食堂の食材は毎朝六時ごろに搬入《はんにゅう》されてるということだから、食材業者のトラックじゃないはずだ」

「そういうことなら、コンテナ・トラックには金が積み込まれてるんでしょう」

「コンテナ・トラックが出てきたら、捜査班の全員を投入して追尾《ついび》だ。場合によっては、本庁の特殊部隊に応援を要請する」

「わかりました」

「しかし、できれば、われわれだけで犯人グループを押さえたいね。特殊班のメンバーは制服姿だから、どうしても人目につきやすい」

「そうですね」

生方は短く応じた。本庁捜査一課に属している特殊班『SIT《シット》』は主に立て籠《こ》もり事件の際に出動し、人質を救出して、さらに犯人を取り押さえている。それだけではなく、そのほかの支援活動もしていた。射撃の名手揃《ぞろ》いだ。

ハイジャック、無差別テロ、誘拐など凶悪事件で活躍している警視庁の特殊急襲部隊の『SAT《サット》』は、大規模な事件を受け持っていた。双方とも出動の際には、それぞれの制服を身につける。

「われわれだけで、何とかしよう。武装して待機しててくれないか」

露木が生方に言い、出払っている捜査員たちを角紅商事本社ビルを張り込み中の四人に合流しろと電話で指示した。

相棒の浜畑が捜査本部に入ってきた。

「遅くなってすみません。小をするつもりでトイレに入ったんですが、急に腹が痛くなって……」

「少し動きがあったんだ」

生方は相棒に説明し、S&W37エアウエイトを携帯した。

アメリカ製のリボルバーだ。ブルー仕上げで、フレームは軽合金だ。輪胴《シリンダー》部分はスチール製だが、ニューナンブよりもずっと軽い。

原則として警部以下の刑事には、ニューナンブが貸与《たいよ》されている。警部の生方はS&W37エアウエイトを携帯していた。警部以上の捜査員の中には、S&WCS40チーフズ・スペシャルを持っている者もいる。刑事用に設計されたコンパクト・ピストルだ。

婦人警官の大半には、二十二口径の自動拳銃が貸し与えられている。しかし、聞き込みのときは不携帯だ。

生方の拳銃の蓮根型《れんこんがた》弾倉には、五発のスペシャル弾が納まっている。撃鉄《ハンマー》を起こさなければ、引き金は絞れない。

浜畑がショルダー・ホルスターにニューナンブを入れ、生方のかたわらに腰を落とした。ふだんよりも、緊張の色が濃い。

「犯人グループと銃撃戦になったら、絶対に無理をするな」

生方は年下の相棒に助言した。

「自分、射撃術は一応、上級なんですよ。二十五メートル以内の標的なら、まず外すことはないと思います」

「そういう自信が命取りになるんだ。ニューナンブは暴発こそしないが、それほど命中率は高くない。不用意にターゲットに近づいたら、頭を撃ち抜かれることになるぞ」

「油断しないようにします」

「ああ、そうしろ」

会話が途切《とぎ》れた。

張り込み班からコンテナ・トラックが本社ビルの地下駐車場から地上に出てきたという連絡があったのは、午後十時だった。五台の捜査車輛がリレーで尾行を開始したらしい。

生方たちは急いで捜査本部を出て、ギャランに乗り込んだ。

浜畑が覆面パトカーを発進させた。サイレンを轟《とどろ》かせながら、角紅商事の本社に急ぐ。

警察無線はオープンにしてあった。

すでにコンテナ・トラックは日光《にっこう》街道に入り、千住新橋《せんじゅしんばし》を渡っていた。ナンバーからコンテナ・トラックは、中堅運輸会社の車であることが判明したらしい。捜査車輛は前後になりながら、対象の車をマークしているという。

「もっと飛ばせ！」

生方は浜畑を煽《あお》った。浜畑が巧《たく》みなハンドル捌《さば》きで、一般車輛を次々に抜き去る。

追尾班に追いついたのは、春日部《かすかべ》市の外れだった。

「コンテナ・トラックの前に出ちゃいます？」

「このまま、最後尾の覆面《メン》パトの尻《けつ》にくっついていこう」

「了解！」

「コンテナ・トラックに巨額の口留め料が積まれてるなら、徳大寺の手下の車が前か後ろを走ってるはずだ」

「総会屋は犯人グループに金を渡す振りをして、正体不明の脅迫者たちを生け捕りにする気なんですかね？」

「ああ、多分な。そうじゃなければ、徳大寺は角紅商事の番犬とは言えないじゃないか」

「そうですね」

「不審な車に気がついたら、すぐ教えてくれ」

生方は相棒に言って、さりげなくリア・ウィンドー越しに後方を見た。

数台後ろに黒塗りのリンカーン・コンチネンタルのフロント・グリルが見えた。ばかでかい米国車に乗りたがる一般市民は多くないだろう。

（あのアメ車に総会屋の手下どもが乗ってるようだな。そうなら、そいつらはコンテナ・トラックを捜査車輛に追尾されてることを見破ってるだろう）

生方は無線を使って、前を走る五台の覆面パトカーにコンテナ・トラックを追い越せと命じた。

警察車輛のナンバーの頭には、さ行のいずれかの平仮名が冠されている。総会屋の手下たちが、そのことを知らないわけはない。

五台の覆面パトカーが相前後して、コンテナ・トラックを追い抜いた。生方たちのギャランは、コンテナ・トラックの数台前に割り込んだ。

コンテナ・トラックは栃木県真岡《もおか》市まで進み、国道四〇八号線を左に曲がった。怪しいリンカーン・コンチネンタルも左折した。

生方は無線で、対象車輛が左に折れたことを捜査員仲間に伝えた。すぐにギャランをUターンさせる。生方たち十二人は、大型米国車とコンテナ・トラックを追う形になった。ギャランが先頭だった。

脇道は市道のようだった。それほど道幅は広くない。交通量も多くなかった。

ほどなくリンカーン・コンチネンタルの尾灯《テールランプ》が見えてきた。コンテナ・トラックは、米国車の四、五十メートル先を走行している。

「もう少し速度を落としてくれ」

生方は相棒に言った。すぐに浜畑が減速した。

コンテナ・トラックが鬼怒川《きぬがわ》の土手道に停まった。すぐに運転手が降り、リンカーン・コンチネンタルに駆け寄った。

大型米国車の後部座席から、ほぼ同時に二人の男が降りた。どちらも堅気には見えない風体《ふうてい》だった。

二人は土手の斜面の中ほどまで下り、中腰でコンテナ・トラックに接近しはじめた。

そのとき、黒い人影がコンテナ・トラックの運転台に上がった。

「おまえは追尾班とコンテナ・トラックを立ち往生させるんだ」

生方は浜畑に小声で言って、そっとギャランを降りた。土手の斜面にいる二人は拳銃を手にしていた。暗くて、型《タイプ》まではわからなかった。

コンテナ・トラックが動きはじめた。

徳大寺の手下らしい二人組が土手道に駆け上がった。その直後、暗がりで短機関銃が火を噴《ふ》いた。銃口炎《マズル・フラッシュ》は赤みを帯びた橙色《だいだいいろ》だった。

二人の男が被弾し、土手道に倒れた。

コンテナ・トラックが急停止した。闇の中から、ウージーを握った男が現われた。例のクルーカットの男だった。

「警察だ！　武器を捨てろ」

生方はS&W37エアウエイトを引き抜き、右手の親指で撃鉄を掻《か》き起こした。

クルーカットの男がにたっと笑い、サブマシンガンを掃射した。生方は身を伏せ、一発撃ち返した。相手の右脚を狙ったのだが、わずかに放った銃弾は逸《そ》れてしまった。

クルーカットの男が背を見せた。コンテナ・トラックの助手席に乗り込んだ。半ドアのまま、コンテナ・トラックは勢いよく走りだした。

ギャランがコンテナ・トラックを追走しはじめた。五台の捜査車輛もつづいた。

しかし、百メートルも走らないうちにギャランは急停止した。タイヤの破裂音が高く響いた。

コンテナ・トラックから大振りの金属鋲《びょう》が撒《ま》かれたようだ。

五台の捜査車輛がバックし、次々に土手道を下った。

金属鋲の散った箇所を除《よ》け、土手道に戻る。コンテナ・トラックは、だいぶ遠ざかっていた。それでも、五台の捜査車輛は追跡を諦めなかった。

しかし、すぐに先頭のスカイラインが急停止した。タイヤの破裂音が聞こえた。またもや金属鋲を撒かれたのだろう。

生方は拳銃をホルスターに収め、撃たれた男たちに走り寄った。手前の男は頭部を砕《くだ》かれ、すでに息絶えていた。

もう片方は腹部と左の太腿《ふともも》に被弾していたが、意識ははっきりとしていた。

「救急車を呼んでくれーっ。まだ死にたくねえよ」

「警察の者だ。おまえは徳大寺の手下だな？」

「そ、そうだよ」

「コンテナ・トラックには、いくら積まれてたんだ？」

生方は屈《かが》み込んだ。

「三十億円だよ。『羊の群れ』と名乗ってる奴らが角紅商事の不正の証拠を握って、口留め料を要求してきたんだ。それを突《つ》っ撥《ぱ》ねたら、そいつらは本社ビルにロケット弾を撃ち込みやがったんだよ」

「角紅商事は仕方なく要求を呑んだわけだな？」

「そうだよ。徳大寺の親父《おやじ》は絶対に三十億を渡すなと言って、おれたち二人に犯人グループの正体を突きとめろと……」

「もう喋るな。いま、救急車を呼んでやる」

「痛くて死にそうだよ。早く、早く救急車を呼んでくれーっ」

男が哀願《あいがん》した。

生方は上着の内ポケットから携帯電話を取り出した。コンテナ・トラックは、もう闇に紛《まぎ》れていた。

「生方さん、すみません！」

浜畑が泣きだしそうな顔で走り寄ってきた。

生方は目顔《めがお》で慰め、一一九番通報をした。

4

署長と本庁の理事官は仏頂面《ぶっちょうづら》を崩さない。

捜査会議がはじまる前から、二人とも不機嫌だった。前夜、追尾《ついび》班がみすみすコンテナ・トラックを取り逃がしたからだ。

生方は居たたまれない気分だった。現場で指揮を執《と》ったのは自分である。なぜ数台の捜査車輌を先回りさせて、コンテナ・トラックの行く手を阻《はば》ませなかったのか。

両手保持で撃ち返さなかったことも悔《く》やまれた。そうしていれば、クルーカットの男の片脚に銃弾は命中していただろう。

犯人グループに逃走されたことが実に忌々《いまいま》しい。

だが、少し収穫もあった。クルーカットの男に撃たれた二人は、総会屋の徳大寺のボディ・ガードだった。どちらも元やくざだ。

死んだ男は羽立丈幸《はだてたけゆき》という名で、享年三十四だった。真岡市内の救急病院に担ぎ込まれた橋口《はしぐち》誠《まこと》は三十二歳である。

前夜、生方は手術後に改めて橋口を病室で取り調べた。橋口は羽立とコンテナ・トラックの運転手の三人で、角紅商事本社ビルの地上駐車場で三十億円の現金を荷台に積み込んだと供述した。大型ジュラルミン・ケースには、ちょうど一億円分の札束が入っていたという。

積み込みには、巨大商社の社員と専務が立ち会ったらしい。いま現在も、角紅商事は脅迫された事実を認めていない。現金三十億円をコンテナ・トラックに積み込んだこともないと言い張っている。

事実を認めてしまったら、巨大商社の犯罪の事実が世間に知られてしまう。当然、企業のイメージも下がる。そればかりではなく、犯人グループの報復を恐れているにちがいない。

橋口の入院先には、本庁のベテラン刑事と新宿署の道岡が張り込んでいる。徳大寺が生き残った橋口を殺し屋に始末させるかもしれないと判断したからだ。

「犯人どもは警官をなめてるんだよ」

綿引理事官が口を開いた。ホワイトボードの横に立った露木が理事官に顔を向けた。

「なめられてる？」

「そうだよ。露木君、犯人グループはなんで角紅商事から現金で三十億をせしめたんだと思うね？　ペーパー・カンパニーの口座か他人名義の借名口座に振り込ませたほうが安全だし、手間が省《はぶ》けるよな？」

「ええ、そうですね」

「犯人どもがわざわざ危険な受け取り方法を選んだのは、捜査当局を愚弄《ぐろう》してるからさ。軽く見てるから、挑発したんだよ」

「そうなんでしょうね」

「ずいぶん呑気なんだな。きみは実質的な指揮官なんだぞ」

「綿引さん、露木さんを責めないでください。現場で判断ミスをしたのは、このわたしなんですから」

生方は露木をかばった。

「もちろん、きみの判断にも問題はあった。なんで、みんなでコンテナ・トラックのタイヤを撃ち抜かなかったんだっ」

「そうしてれば、犯人たちは逮捕できただろうね」

署長が綿引理事官の言葉を引き取った。

「そうだったのかもしれません。しかし、コンテナ・トラックは急発進して、そのまま猛スピードで逃走しはじめたんです。その上、大振りの金属鋲を路面にたくさん撒き散らしたんですよ。言い訳になりますが、そういう状況で犯人グループを取り押さえるのは容易なことじゃなかったと思います」

「それにしても、きみらしくないな。何か私的なことでトラブルを抱えてるのかね？」

綿引が問いかけてきた。

「そういうことは別にありません」

「だったら、もっとしっかりしてほしいな。栃木県警が包囲網を張ってくれたんだが、犯人グループは事件現場から十数キロ離れた林道にコンテナ・トラックを乗り捨て、まんまと逃亡してしまった。その場所で三十個の大型ジュラルミン・ケースを別の車輛に積み替えたんだろう」

「そうなんだと思います」

「コンテナ・トラックの車内からは、運転手の戸塚伸和《とつかのぶかず》、三十八歳の指掌紋しか出なかった。昨夜《ゆうべ》の事情聴取で、戸塚が犯人グループを手引きした疑いはないとわかったんだったね？」

「ええ」

「金属鋲からも指紋や掌紋は出てない。犯人の割り出しは難しいな」

「戸塚の証言によると、コンテナ・トラックの助手席に先に乗り込んできた男は人相着衣《ニンチャク》から奈良昌吾と思われるんですよ。そいつは戸塚に自動拳銃を突きつけ、『仲間は陸自の元レンジャー部隊員だから、言われた通りにしないと射殺されるぞ』と脅したらしいんです」

「そうなら、クルーカットの男の身許は割れるな」

「会議がはじまる前に露木さんが防衛省情報本部に元レンジャー隊員の全リストを顔写真付きでファックス送信してくれるよう頼みましたんで、じきに逃げた男の正体はわかるでしょう」

「そうか」

「理事官、きのうのことは生方君の判断ミスだったのかもしれませんが、露木警部と彼は捜査副主任としての任務を果たしてますよ。二人に任せても心配はないでしょう」

中尾刑事課長が綿引に言って、かたわらの署長の横顔をうかがった。署長が曖昧《あいまい》にうなずいた。いつからか、仏頂面は緩《ゆる》みかけていた。

「少しきつく言いすぎたようだな」

綿引がばつ悪げに呟いた。すると、露木が理事官に声をかけた。

「綿引さんはもどかしくなったんでしょうが、生方とタッグを組んで必ず事件《ヤマ》を解決させますよ。ですから……」

「外野であれこれ言うなってことだな？」

「はっきり言わせてもらうと、そうですね」

「わかったよ。きみらの力を信じよう」

「そうしましょうか」

署長が同調し、腰を浮かせた。綿引は署長と一緒に捜査本部から出ていった。

「どんな優秀な刑事だって、パーフェクトな捜査はできないさ。生方君、腐るなよ」

中尾課長が歩み寄ってきて、小声で話しかけてきた。

「ええ、大丈夫です」

「元レンジャー隊員たちが朝霞駐屯地から五基のＬＡＷ80と『白菊葬儀社』の倉庫から三十二梃の銃器を盗み出して、九人のフリーターに扱い方を教えたんだろうね？」

「それは間違いありません」

「殺された宮内一樹はそのことを嗅ぎつけたんで、葬《ほうむ》られてしまったんだろうか。そうではなく、彼らを動かしてるのが『東日本労働者ユニオン』の元事務局長の別所辰巳であることまで知ってしまったのかね？」

「宮内がどこまで探り出したのかは、まだはっきりしません」

「そうか。もう間もなく地裁から徳大寺の恐喝未遂容疑の令状が下りると思うよ」

「別件逮捕は避けたかったんですが、角紅商事が三十億を脅し取られたことを認めようとしてませんから、やむを得ないでしょう」

「そうだね。救急病院に担ぎ込まれた橋口が口を割ってるわけだから、徳大寺も長くは角紅商事の秘密を守れなくなるだろう」

「ええ、多分ね」

生方は言った。

「犯人グループのアジトがわかれば、一網打尽にできるんだろうが……」

「敵は手強《てごわ》い奴らです。そう簡単には尻尾《しっぽ》を摑ませないでしょう。別所の自宅はずっと張り込ませてるんですが、ひょっとしたら、こちらの動きを読んでるかもしれません」

「そうなんだろうか。そうだとしても、奈良昌吾たち九人を動かしてる元レンジャー隊員の身許が割れれば、別所の潜伏先もわかるんじゃないのかな？」

「それを期待したいですね」

「全力を尽くしてくれ」

中尾刑事課長が生方の肩を軽く叩き、刑事課に戻っていった。

生方は左手首のオメガを見た。午後三時半過ぎだった。

「署長も理事官も現場捜査のことをよく知らないから、言いたい放題だったな」

露木が顔をしかめながら、吐き捨てるように言った。

「おれの判断ミスと言われれば、その通りでしょうね」

「生方に落ち度はないよ。仕方がないさ」

「もう失敗《ドジ》は踏みません」

「たまにはヘマをやってくれよ。別におれが自分で手柄を立てたいと思ってるわけじゃないが、年下の生方だけの活躍ぶりが目立つとさ、なんとなくこっちの立場がなくなるからな」

「とても露木さんにはかないませんよ」

「それ、一杯奢《おご》れって謎かけか？」

「そんな下心なんかありませんせん」

生方は笑顔で答えた。

会話が中断したとき、露木の部下の若い刑事が近づいてきた。ファックス・ペーパーの束《たば》を持っていた。

「防衛省情報本部からの送信だな?」

「ええ、そうです。レンジャー部隊にいたことのある元自衛官が十六人、リストアップされてます。それから、元教官もひとり……」

「サンキュー!」

露木が受信紙の束を受け取った。目を通したファックス・ペーパーを一枚ずつ生方に手渡す。生方は受信紙に目を落とした。

三番目の受信紙にクルーカットの男の顔写真が掲《かか》げられていた。やや不鮮明だが、本人に間違いない。郷原喬《ごうはらたかし》という名で、三十一歳だった。

生方は口笛を吹きそうになった。捜査が大きく進展しそうな予感を覚えたからだ。

郷原は一年前まで、陸上自衛隊レンジャー部隊の助教《じょきょう》を務《つと》めていた。退官理由は記入されていなかった。現在の職業も書かれていなかったが、本籍地は明記されていた。

神奈川県横須賀市だった。郷原の本籍地から現住所はわかる。生方は思いがけなく手がかりを得られたことを素直に喜んだ。

「きのう、逃げた野郎はこいつですよ」

「どれ、どれ……」

露木が郷原のリストを覗き込んだ。

「レンジャー部隊の助教だったようだから、郷原が奈良昌吾たち九人のフリーターにロケット・ランチャーや銃器の使い方を教え込んだんでしょう」

「だろうな。おれの受信紙には、レンジャー部隊で教官をやってた男のことが記《しる》されてる。そいつが実行犯グループのリーダーなんじゃないのかね？」

「受信紙をちょっと見せてもらえます？」

生方は右手を差し出した。露木が元教官のリストを抜き出し、生方の掌《てのひら》の上に載せた。

元教官は三十八歳で、菱沼彬《ひしぬまあきら》という名だった。顔写真を見る。男臭い顔立ちで、彫《ほ》りが深い。眉《まゆ》が濃く、目つきも鋭かった。菱沼の本籍地は世田谷区奥沢になっていた。

「こいつらのことを防衛省情報本部で詳しく教えてもらおう」

露木は受信紙をそっくり生方に渡すと、懐から携帯電話を取り出した。

生方は立ったまま、十六人のリストを次々に捲《めく》った。いずれもワイルドな面立《おもだ》ちで、筋肉が発達している。

やがて、露木が電話を切った。

「教官だった菱沼は二年ほど前に独断で訓練コースを変更して、訓練生のひとりを崖から転落死させたらしいんだよ」

「その責任を問われて、教官を辞したんですね？」

「そうだ。菱沼は陸自を辞めてから民間の警備保障会社に就職したんだが、十ヵ月ほど前にセーフティ・ジャパンという会社も辞めてる。職場に馴染めなかったんだろう。その後の消息は不明だという話だったよ」

「そうですか」

「それから、意外なことがわかったんだ。情報本部の職員が菱沼の出身高校を教えてくれたんだが、別所も都内の同じ高校を卒業してたんだよ。二人には接点があったわけだ」

「二人は同窓生だったのか。しかし、労働組合の活動に熱心だった別所と元陸上自衛官の菱沼の思想は、相反してたと思うんだが……」

「もうイデオロギーに拘《こだわ》る時代じゃない。二人は社会にそれぞれ強い不満を持ってたんだろうな。それで、同窓生ってことで急接近したんだろう」

「そうなのかもしれないな」

「助教だった郷原は、菱沼と同じレンジャー部隊で指導に当たってたそうだ」

「菱沼と郷原のつながりもわかったわけだ」

「ああ。それからな、郷原の教え子が二人いたんだ。雑賀《さいか》と長友《ながとも》って名だよ。そいつらもリストに入ってる」

「大変な収穫がありましたね」

生方は受信紙を繰《く》った。

雑賀鉄平《てっぺい》は二十九で、本籍地は千葉県船橋市になっていた。退官したのは一年数カ月前だが、その後の職歴は記入されていない。

長友重人《しげと》は二十八歳だった。九カ月前に退官している。本籍地は長野県松本市になっていた。再就職先や現住所は書かれていない。

「鑑取り班の連中に菱沼、郷原、雑賀、長友の四人の血縁者に当たらせよう。そのうちの誰かの住まいがわかれば、犯人グループのアジトを突きとめられそうだからな」

露木は受信紙の束を受け取ると、大声で鑑取り班の捜査員たちを呼び集めた。そして、てきぱきと指示を与えた。

生方は相棒の浜畑を呼び寄せ、大きな手がかりを得たことを伝えた。ひとりでに頬は緩んでいた。

「これで犯人グループが透《す》けてきましたね。別所辰巳は高校の後輩の菱沼にネットカフェを塒《ねぐら》にしてた奈良昌吾たち九人のフリーターを自己啓発セミナーに誘い込ませ、超高級売春クラブの娼婦たちを破格の報酬で抱き込ませた。そして、彼女たちを九人のフリーターのセックス・ペットにした。社会的弱者の奈良たちは別所に唆《そそのか》されて、凶悪犯罪の実行犯になった。九人のフリーターに兵器や銃器の使い方を教えたのは、おそらく菱沼や郷原なんでしょう」

浜畑が明るい表情で言った。

「われわれの読み筋は間違ってないと思う。しかし、首謀者が別所辰巳なのかどうかはまだわからない。別所が天才的なハッカーで、角紅商事のシステムに潜り込み、不正の事実を押さえたとは思えないんだよ。凄腕のハッカーを金で抱き込んだのかもしれないが、そいつが黒幕なのかどうか」

「ええ、そうですね。それから、犯行の最終目的もはっきりしません。金だけが狙いなのか、本気で世直しをしようとしてるのかが見えてこないですもんね？」

「そうなんだ」

生方はテーブルに向かい、キャビンに火を点けた。

一服していると、庶務課の捜査員が徳大寺の逮捕令状を捜査本部に届けにきた。生方は露木と相談し、新宿署の津坂警部補、国松巡査部長、本庁の浜畑の三人を総会屋の逮捕に向かわせた。

　徳大寺が新宿署に連行されたのは、小一時間後だった。

　大物総会屋は刑事課の取調室に入れられた。捜査副主任である生方と露木は、すぐさま取調室に向かった。記録係の浜畑刑事は早くもノートパソコンの前に坐っていた。

　前手錠を打たれた徳大寺がどんぐり眼《まなこ》で生方たち二人を睨みつけた。実年齢よりも、十歳近く若く見える。脂《あぶら》っ気も抜けていない。

「凄《すご》んだって、意味ないぜ」

　露木が冷笑し、徳大寺の前に腰かけた。生方は壁に背を預け、総会屋を見据《みす》えた。

「毎朝タイムスの経済部記者がインサイダー取引で従弟《いとこ》と小遣い稼ぎをしてることが赦《ゆる》せなかったんだよ」

　徳大寺が露木に言った。

「まるで国士《こくし》気取りだな。大企業に擦《す》り寄ってる番犬が大物ぶるんじゃないっ」

「きさま、口を慎《つつし》め！　わたしは警察官僚を何人も知ってるんだ。その気になれば、きさまを田舎の所轄署に飛ばすこともできる」

「やってもらおうじゃないか」

「恐喝未遂で送検してもかまわん。しかし、角紅商事絡みの話は何も話さんぞ」

「きのう、鬼怒川の土手道で射殺された羽立は大事な子分だったんだろうが？　真岡市内の救急病院にいる橋口は、もう口を割ってるんだ。コンテナ・トラックには三十億円の現《ゲン》金《ナマ》が積んであったってな」

「橋口は作り話をしたんだろう。トラックに積んであったのは、ただの書類だよ。株式総会の議事録が大半だったんだ。単なる紙屑《かみくず》さ」

「あんたは薄汚い総会屋だが、小学生の孫娘を溺愛《できあい》してるんだってな。夏季《なつき》という名だったよね？　あんた、孫には経営コンサルタントと称してるそうじゃないか」

「それが何だと言うんだっ」

「あんたの素顔を知ったら、かわいい孫娘はがっかりするだろうな。いや、きっと軽蔑するにちがいない」

「きさま、汚いぞ」

「孫としばらく会えなくなるな。夏季ちゃんと接見させてやろうか？」

「被疑者は弁護士としか接見できないはずだ」

「何事も例外があるんだよ」

「夏季にこっそり会わせてくれるのか？」

「角紅商事は何か不正の証拠を握られて、口留《ど》め料を昨夜、脅迫者たちに払ったんだろう？」

「それは……」

「あんたは三十億をまんまと犯人グループに奪われた。角紅商事にお払い箱にされるだろうな。かばっても無駄になるだけだぜ」

生方は口を挟んだ。徳大寺が考える顔つきになった。

「その通りだよ。あんたが角紅商事の不正を糊塗《こと》しても、そのうち必ず斬り捨てられるだろう」

露木がさらに徳大寺を追い込んだ。徳大寺は五分ほど黙り込んでから、やっと角紅商事が百数十億円の法人税を故意に払わなかった事実と現職大臣に十五億円の裏献金を与えたことを吐いた。その証拠を謎のハッカーに押さえられたことも喋った。

「やっぱり、そうだったか」

露木が言って、生方を見た。二人は顔を見合わせ、口許を綻《ほころ》ばせた。

「角紅商事のシステムに侵入した奴はわかったのか？」

「まだわからない。しかし、見当はついてる。コンピューターに詳しい連中の情報によると、角紅商事の堅固なシステムに侵入できるのは、天才ハッカーと呼ばれた〝バロン〟しかいないだろうってことだったからな」

「当然、〝バロン〟の正体を探らせたんだろう？」

「ああ、コンピューターの専門家たちにな。しかし、正体は誰も突きとめられなかったんだ」

　徳大寺が答えた。

「そうか」

「孫娘に会わせてくれなくてもいいから、わたしが総会屋だってことは夏季に絶対に言わないでくれ。お願いだ」

「裏経済界で暗躍してきたあんたも、自分の孫は悲しませたくないんだな。もちろん、夏季ちゃんに余計なことは言わないよ」

　露木が言った。

　徳大寺が安堵《あんど》し、長く息を吐いた。

（反則技だが、後味《あとあじ》は悪くないな）

　生方は露木の背中を見ながら、胸底《きょうてい》で呟いた。

第四章　悪謀の双曲線

1

廊下はひっそりとしていた。

角紅商事本社ビルの十三階である。

生方は、相棒の浜畑とホスト・コンピューター室の前に立っていた。

総会屋が自供したのは数時間前だ。生方たちは角紅商事の会長と社長に面会を求めた。

徳大寺が前夜の一件を全面自供したことを告げると、会社側はようやく正体不明の脅迫者に三十億円を脅し取られたことを認めた。

恐喝材料にされた大口脱税と贈賄罪の捜査は、本庁捜査二課が受け持つことになった。

脱税については、国税局も動きだしている。捜査二課員たちが本社ビルで事情聴取を開始した直後、生方は本庁ハイテク犯罪対策室の春日次長に協力を求めた。

その春日は、角紅商事の幹部社員と数十分前にホスト・コンピューター室に入った。生方たち二人は入室を断られた。当然だろう。社内のさまざまな機密が集められている場所だ。

「春日さんにシステムを見てもらえば、並のハッカーでは侵入できないことがわかると思いますよ」

浜畑が小声で言った。

生方は短く相槌《あいづち》を打った。そのとき、ホスト・コンピューター室から春日警視と幹部社員が出てきた。

「ご協力に感謝します」

生方は幹部社員に声をかけた。

「メンテナンスの技術者以外に社外の方をここに入れたことは一度もないんですよ」

「そうでしょうね」

「早くハッカーを見つけてください。お願いします」

幹部社員がそう言い、足早に遠ざかった。

「春日さん、ご苦労さまでした。それで、どうでした？」

生方は訊《き》いた。

「さすがは巨大商社だね。セキュリティ・パッケージプログラムは堅固だった。もっと小さな企業だと、びっくりするほど無防備なんだがね」

「そうなんですか」

「パソコンや端末装置の近辺を探すと、パスワードが無造作にノートやステッカーラベルに書かれたりするんだよ。だから、ビル清掃員に化けた産業スパイがやすやすとパスワードを手に入れてる。ノートやステッカーが見当たらなかったら、掃除をする振りをして、社員の手許《てもと》を盗み見ればいい」

「社員がパスワードを打ち込むところを覗くんですね？」

「そうなんだよ。そういう機会に恵まれなくても、パスワードの見当はつくんだ。氏名、肩書、所属部課、交際相手や家族のニックネーム、お気に入りのジョークなんかを使ってる者が多いからね。ペット名を使う者もいるな」

「ええ、そうですね。推測可能なパスワードが使われてます、大半は」

「それから、アクセス・コントロール用パッケージソフトの名前から取ったパスワードも少なくない。PC用パッケージソフトが使われてる場合、新しいDOS《ドス》のコピーをディスクドライブに入れて新たに起動させれば、バイパスすることができるんだよ。しかし、どれもいまや古典的なテクニックだがね」

「パスワードの推測を自動的にやってくれる試験プログラム、パスワード・ファイル解読プログラムで、オペレーション・システムの抜け穴を探せば……」

「そうなんだよ。セキュリティ製品が次々に開発されてるが、狙った相手のコンピューター・ファイル、具体的には覚書《おぼえがき》、会議議事録、報告書などから重要なキーワードを〝文字列検索〟もできるからね」

「そのあたりのことはよくわからないな」

「アメリカではハイテク企業を渡り歩いてるエンジニアが勤務先の不正取引の証拠を押さえて、金を脅し取るケースが多いんだ。試作品の設計図や製法を盗んで、ライバル企業に売る事件もあったな。システム・エンジニアばかりじゃないんだ。フリーのジャーナリストが、英米の新聞社を次々に買収したオーストラリアの新聞社主のルパート・マードックの所有するフォックス・テレビジョンのコンピューターに侵入したこともあるんだよ」

春日が澱《よど》みなく喋った。

「角紅商事のシステムのガードが固いなら、天才的なハッカーでなければ、企業秘密や不正の証拠は摑めないんでしょうね。総会屋の徳大寺は伝説に彩《いろど》られた〝バロン〟が犯人グループに加担してると読んで、配下の者に調べさせたと供述してます。春日さんは、どう思われます?」

「〝バロン〟なら、ここのシステムに潜り込めるだろうね。しかし、もう謎の天才ハッカーはこの世にいないんじゃないのかな?」

「死んでる?」

「ああ、多分ね。職務で何人もハッカーやクラッシャーを摘発してきたが、彼らは麻薬中毒患者と同じなんだよ。新しいセキュリティ・プログラムができると、それをどうしても破りたくなる習性があるんだ。スリルと勝利感を味わいたくなるから、何年もハッキングしないなんてことは考えにくいね。〝バロン〟は二年近く鳴りをひそめてるんだ」

「だから、もう生存はしていないと推測されたんですね?」

「そうなんだ。おそらく〝バロン〟に憧《あこが》れてる凄腕のハッカーたちの中の誰かがこの商社のシステムに潜り込んで、恐喝材料を盗み出して、犯人グループに提供したんだろう」

「誰か思い当たる人物はいます?」

「家出中の高校生ハッカーの篠力は〝男爵〟というハンドルネームを使ってたし、〝バロン〟並みのハッキング・テクニックを持ってる。そのことをフリーク仲間に誇示したくなっても不思議じゃないね」

「しかし、まだ高校生ですよ」

浜畑刑事が会話に加わった。

「アメリカには、小学生の天才ハッカーがいるんだ。職人みたいに年季を積めば、技《わざ》が磨かれるってわけじゃないんだよ。頭脳と勘がいい人間だけが卓抜なハッキング・テクニックを身につけられるんだ」

「それにしても……」

「篠力は、日本で五指に入る天才ハッカーなんだよ。〝男爵〟なら、角紅商事のシステムに侵入できるだろう。これまで彼は堅固なセキュリティ・プログラミングを突き崩してきたし、フリーク仲間たちに自分のテクニックを誇示もしてきた。そういうことを考えると、やっぱり〝男爵〟が臭いね」

「そうだとしたら、篠力が朝霞駐屯地の防犯装置を狂わせた疑いが濃くなります。ですが、自衛隊のセキュリティ・システムは民間企業よりも堅固なはずです」

「防衛省関係の施設のシステムは一般官庁よりもガードがしっかりしてるね。しかし、過去に何度かハッカーに潜り込まれてるんだ。侵入は不可能じゃないだろう。仲間に自衛隊関係者がいれば、武器庫のセキュリティ・システムを作動不良に陥《おちい》らせることは苦もないんじゃないかな」

「犯人グループに陸自のレンジャー部隊の元教官や元助教がいることは、間違いないと思われるんですよ」

生方は手で相棒を制して、先に口を開いた。

「それなら、防犯システムは簡単に狂わすことができるだろう。新宿署の生安課は、まだ篠力を保護してないようだが、手間取るようなら、捜査本部が動くべきだろうね。〝男爵〟が一連の事件に関与してる疑いは、きわめて濃いわけだから」

「検討してみます。春日さんを引っ張りだすことになって、申し訳ありませんでした。参考になる話をうかがえて、よかったと思います。ありがとうございました」

「いや、いや。大変だろうが、頑張ってもらいたいな。それじゃ、また！」

春日が片手を挙げ、エレベーター・ホールに足を向けた。

「〝バロン〟は、もう亡くなってるんでしょうか？」

浜畑が問いかけてきた。

「何とも言えないな。春日さんが言ってたようにハッカーたちは技を競《きそ》い合いたいという気持ちがあるようだから、〝バロン〟が意図《いと》的に鳴りをひそめてるとは思えない。たとえ心境に変化があったとしても、新しいセキュリティ・プログラミングが組まれたら、それを破りたいという衝動に駆られるだろうからな」

「春日警視は〝男爵〟というハンドルネームを使ってる高校生ハッカーをかなり怪しんで

るようでしたが、生方さんはどう思われます？」

「篠力は、もしかしたら、クロなのかもしれないな。ブログに過激な書き込みをして〝炎上〟を仕掛けてたという話だから、世の中を混乱させて愉快がる性格なんだろう」

「だけど、篠力は別所辰巳、菱沼、郷原なんかとは接点がなさそうですよ」

「そうなんだよな。しかし、ネットカフェの常連客だった奈良昌吾たち九人のうちの誰かと知り合いだったとは考えられる」

「あっ、そうですね。〝男爵〟はそいつからワーキングプアたちの暮らしが悲惨《ひさん》だと聞き、富裕層や大企業だけが甘い汁を吸ってることに義憤めいたものを覚えて、犯人グループに加担する気になったんでしょうか」

「篠力が協力してるとしたら、そういう動機なんだろうな。高校生は金に目が眩《くら》んだだけじゃ、大それたことはしないだろうから」

「それはどうでしょう？　いまの中・高校生は昔の若者みたいに青っぽくないですよ。ベンチャー・ビジネスやデイ・トレーディングで巨万の富を手にした二、三十代の成功者を英雄視してますからね。手っ取り早く大金を手にできるんだったら、ハッキングをやってしまう高校生もいると思います」

「〝男爵〟が金欲しさだけで犯人グループに手を貸したんだとしたら、なんかつまらないな。青春時代から経済的な安定を求めるなんて、情《なさ》けないじゃないか。もっと無鉄砲に生きてほしいな。裸足《はだし》で荒野を突っ走るような感じでさ」

「時代が変わったんですよ。競争社会で勝ち組に入れた奴らの将来はそこそこ明るいでしょうが、心ならずもフリーターになった連中の先行きは真っ暗です。だから、一攫千金《いっかくせんきん》を狙いたいと考えてる若者は多いはずですよ」

「そっちもそのひとりなのか？」

「自分は、それほど金銭欲はありません。しかし、ワーキングプアと呼ばれてる連中の苛《いら》立《だ》ちや焦《あせ》りはわかります。社会のシステムが変わらない限り、いわゆる負け組が浮かび上がれるチャンスはありませんからね」

「それなら、若い奴らはなぜ社会の歪《ひず》みを直そうとしないいんだ？　政治に無関心じゃ、世の中は変えられっこないぜ」

「若い世代は、政治そのものに絶望してるんですよ。与野党の国会議員は本気で社会的弱者のことなんか考えてないようですし、官僚たちは保身に汲 々《きゅうきゅう》としてます。財界人も大企業の利益を優先して、中小企業の労働者たちの待遇には気を配ってません」

「確かに国の舵取《かじと》りをしてる政治家や官僚は権力にしがみついてるし、財界人は自分たちの利益しか考えてない。格差社会でいい思いできるのは、ごく少数の人間だけだよな？」

「ええ、そうですね。それだから、勝ち組になれなかった若い奴らは絶望感を深めて、刹那《せつな》的に生きてるんですよ。でも、いつかワーキングプアの反乱が起きるでしょう」

「そうだろうな」

生方は口を閉じた。

そのすぐあと、上着の内ポケットで携帯電話が鳴った。生方は携帯電話を掴み出した。

発信者は露木警部だった。

「十数分前に例の『羊の群れ』から、警視総監の許《もと》に爆破予告のメールが届いた」

「えっ⁉ で、標的はどこなんです?」

「永田町の国会議事堂と新宿にある都庁舎だ。犯人グループは午後九時に、同時に二つの標的を爆破すると予告してるんだよ。ふざけやがって。いたずらメールじゃないだろう、角紅商事の本社ビルにロケット弾が撃ち込まれたことを考えるとな」

「犯人どもは警察を愚弄《ぐろう》してるんだろうか。忌々《いまいま》しい連中だ」

生方は息巻いて、腕時計に目をやった。午後八時十三分過ぎだった。

「国会議事堂と都庁舎にいる職員たちを避難させはじめてる」

「『SAT《サット》』のメンバーは、もう出動したんですね?」

「もちろんだ。三十人ずつ二カ所の標的に配備された」

露木が言った。

『SAT《サット》』の正式名称はスペシャル・アサルト・チームで、北海道警、警視庁、千葉、神奈川、愛知、大阪府警、福岡、沖縄の各道府県警の八ヵ所に部隊が設置されている。計十チームで、総勢二百名だ。

警視庁には、第七機動捜査隊に三チームが設けられている。隊員は柔道、剣道、空手、合気道、少林寺拳法などの高段者ばかりで、一様《いちよう》にIQも高い。つまり、文武両道に秀《ひい》でているわけだ。

「七機捜《きそう》のレンジャー小隊はバックアップに回ったんですね？」

「ああ。犯人グループが逃走中にどこかに立て籠《こ》もったら、ただちに『SAT《サット》』が出動することになってる。うちの捜査班を三チーム国会議事堂と都庁舎に向かわせた。生方たち二人は国会議事堂に回ってくれ」

「了解！　われわれは永田町に向かいます」

生方は通話を打ち切って、浜畑に緊急事態を迎えたことを告げた。二人はエレベーター・ホールに走り、地下駐車場に下った。

覆面パトカーのギャランに乗り込み、ただちに国会議事堂に向かう。

十分足らずで永田町一丁目に着いた。

国会議事堂の周辺は、機動隊員たちで固められていた。検問所の数は夥《おびただ》しい。

「議事堂をゆっくりと一巡してくれ」

生方は運転席の浜畑に言った。浜畑が短い返事をして、ギャランを低速で走らせはじめた。

生方はめまぐるしく視線を動かした。フロントグラス越しに、夜空を仰《あお》ぐ。しかし、不審な飛行物体は目に留《と》まらない。

国会議事堂を一周し終えたとき、部下の道岡警部補から電話がかかってきた。

「そちらに何か動きがありました？　都庁のほうは変化なしです。第一本庁舎と第二本庁舎の上空を航空隊のヘリが三機飛行中なんですが、怪しい飛行物体は視認できてないそうです。四十五階の展望台からも、『SAT《サット》』の隊員が暗視双眼鏡で覗いてるんですが……」

「庁舎のどこにも、時限爆破装置は仕掛けられてないんだな？」

「はい、そう聞いてます」

「こっちも不審者は見当たらないんだ」

「そうですか。なんだか妙ですね。爆破予告は単なるいたずらだったんでしょうか？」

「まだわからない。何か動きがあったら、すぐ報告してくれ」

生方は電話を切って、捜査車輛を降りた。

ふだんはライトアップされていることが多いが、今夜は照明が灯《とも》っていない。

昭和十一年に完成した国会議事堂の中央部には、高さ約六十六メートルの塔がある。尖《せん》塔《とう》部分はピラミッド型だ。正面から向かって右側に参議院、左側に衆議院の本会議場がある。

国民に広く知られた建造物は闇の底に沈んでいた。黒々としたシルエットは影絵を連想させる。

生方は電話で、ほかの捜査班のメンバーの持ち場を確認した。すでに国会議事堂内には人の姿はない。捜査車輛も報道関係の車も、正門から数百メートル後退させられていた。

航空隊のヘリコプターのローター音が夜のしじまを破っている。車の走行音は聞こえない。

「予告時間まで、あと十分そこそこですね」

浜畑がギャランを降り、生方の横に並んだ。

「都庁舎にも怪しい人物や飛行物は接近してないそうだ」

「爆破予告は、いたずらだったんでしょうか？」

「そうじゃない気がする。犯人グループは裏をかくつもりなのかもしれない」

「ということは、別のどこかを爆破する気でいるわけですね？」

「そういうことも考えられると思う。警察の人間を国会議事堂と都庁舎の周辺に集めておけば、真の標的は狙いやすくなるわけだからな」

「ええ、そうですね。『羊の群れ』は、どこか大企業の本社ビルにロケット弾を撃ち込むつもりなんでしょうか？」

「標的がどこかは読めないが、国会議事堂と都庁舎は爆破されないような気がしてきたな」

　生方は、国会議事堂の尖塔を見上げた。

　ほどなく午後九時になった。かたわらの浜畑が息を詰めた。生方は身構えた。

　だが、爆破音は上がらなかった。

　少し離れた上空でホバリングしていた航空隊の三機のヘリコプターが、ゆっくりと国会議事堂に近づきはじめた。五分が過ぎても、異変は起こらなかった。

「生方さんの勘が当たったようですね」

　浜畑が胸を撫《な》で下ろした。

　ほとんど同時に、生方の携帯電話が鳴った。捜査本部からの緊急連絡だった。

「大手町の全日本経営者連合会の本部に二発のロケット弾が撃ち込まれた。犯人グループは裏をかきやがったんだよ。くそったれどもが！」

露木が悔《くや》しがった。

「狙われたのは、全経連ビルだったか。それで、怪我人は？」

「負傷者はいないようだ。しかし、全経連の下坂久仁彦《しもさかくにひこ》会長のパソコンに『羊の群れ』から犯行声明文が寄せられたんだよ。全経連加盟企業全社が年内に二、三十代の非正規雇用者と失業者を各社千五百名以上採用しなければ、本部ビルをそっくり爆破すると脅迫したらしい」

「発信場所まではわからないんでしょ？」

「ああ。生方たちは全経連本部ビルの被害状況をチェックしてから、捜査本部に戻ってくれないか」

「わかりました」

生方は相棒に電話の内容を手短に伝え、先に捜査車輌の助手席に坐った。

2

破損部分が目立つ。

十二階と六階のガラス窓は砕《くだ》け、大きな穴が開いている。全経連本部だ。

投光器に照らされた十六階建てのビルの外壁は濡れていた。建物全体に放水されたのだろう。

「怪我人がいないといいな」

生方は浜畑に言って、正面玄関に足を向けた。玄関前には、本庁機動捜査隊初動班の捜査員と所轄署員が固まっている。

消防署員たちはホースを片づけはじめていた。報道関係者たちの姿は驚くほど多かった。背後で、マイクを握ったテレビ局の放送記者たちが現場の中継をしている。

「まんまと犯人グループに裏をかかれてしまいましたね」

初動班の森戸《もり》滋《としげる》警部補が近づいてきた。三十六歳で、小太りだ。旧知の仲だった。

「被害者は?」

「幸いなことにいませんでした。本部ビルの一階には十数人の職員がいたんですが、全員、無傷です」

「不幸中の幸いだな。ロケット弾は、やっぱりLAW80から発射されたんだろう?」

生方は確かめた。

「まだ断定はできませんが、ほぼ間違いないでしょう。職員たちの証言によりますと、黒いフェイス・キャップで顔を隠した二人の体格のいい男が道路の向こう側の舗道からロケット・ランチャーの発射筒を引き出して肩に担《かつ》いで、それぞれ一発ずつ砲弾を本部ビルの正面に撃ち込んだようです」

「二人は、どっちに逃げたんだろう？」

「正面右手に脇道が見えますでしょ？　男たちは発射筒を縮めると、その脇道に走り入ったそうです」

「仲間の車が脇道の奥に待機してたんだろうな」

「ええ、多分ね。しかし、その車を目撃した者はひとりもいませんでした」

「そう。全経連の下坂会長に犯行声明のメールが届いたことは知ってるな？」

「はい。『羊の群れ』の要求についても聞いてます。犯行グループは定職に就《つ》いてないフリーターたちで構成されてるんでしょうが、軍事顧問みたいな人間を雇ってるんでしょうね。そうでなければ、ロケット・ランチャーなんか使えませんから」

「角紅商事の本社ビルにロケット弾を撃ち込んだのは、ネットカフェを塒《ねぐら》にしてたフリーターたちだった。しかし、彼らは単なる駒《こま》に過ぎないんだろう」

「誰かにうまく利用されて、汚れ役を演じさせられてるんですね？」

「そう考えられるんだ」

「実行犯たちを操《あやつ》ってるのは、元自衛隊員なのかな？」

「ああ、おそらくね」

「角紅商事の事件では、犯人のひとりが一階ロビーでサブマシンガンをぶっ放しましたよね？　しかし、今回《ヤマ》は拳銃も短機関銃も使われてません。それが解《げ》せないんですよ」

　森戸が首を傾《かし》げた。

「犯人グループは、角紅商事から三十億の金をせしめてるんだ、巨大商社の不正を恐喝材料にしてな」

「そうなんですってね」

「多分、『羊の群れ』は全経連を強請《ゆす》る気はないんだろう」

「強請る気がないんだったら、何も本部ビルにロケット弾を二発も撃ち込む必要はなかったんではありませんか？」

「いや、必要はあったんだよ。『羊の群れ』が社会に不満を抱いてるワーキングプアの集まりだということをアピールするためにな。それが実行犯たちを動かしてる奴の狙いだったんじゃないかな？」

「ということは、バックにいる悪党は実行犯の味方の振りをして、彼らを巧《たく》みに利用してるわけですね？」

「そうなんだろう。犯人側の要求が唐突だし、内容に実現性がないじゃないか。下坂会長に送りつけられた脅迫メールには、全経連加盟企業に年内に非正規雇用者や失業者を各社年内に千五百人ずつ採用しろと書かれてるらしいが、大雑把《おおざっぱ》すぎるよ。どう考えても、本気とは思えない。カムフラージュ臭いな」

「それは、実行犯たちを納得させるためのもっともらしい偽装工作なのではないかってことなんですね？」

「まだ裏付けはないんだが、おれはそんな気がしてるんだ。それから、実行犯たちに兵器や銃器の扱い方を教えた元自衛官たちも誰かに利用されてるとも考えられるね」

「黒幕の目星はついてるんですか？」

「臭いと思ってる奴はいるんだが、そいつもアンダー・ボスに過ぎないのかもしれないな」

　生方は別所のことを考えながら、低く言った。

「首謀者は闇の奥に潜《ひそ》んでて、世の中に不満を持ってる連中に危ない橋を渡らせてるのかな。そうだとしたら、狡《ずる》い人間ですね」

「そうだな。悪い奴ほど紳士面《づら》してる。そういう卑劣漢《ひれつかん》は燻《いぶ》り出して、とことん懲《こ》らしめてやらないとな」

「ええ、そうですね」

森戸が言葉に力を込めた。

「そっちは、殺された宮内一樹と警察学校で同期だったんじゃなかったっけ？」

「同期ですよ、宮内とは。それほど親しくはしてなかったんですが、あいつは一本気《いっぽんぎ》で俠《おとこ》気《ぎ》があったんで、嫌いじゃなかったですね」

「実は、一連の事件の発端は宮内の密告情報だったんだ」

生方は経緯《いきさつ》を話した。

「そうだったんですか。宮内は、武器強奪犯グループを操ってる人物におおよその見当をつけてたんじゃないのかな？　しかし、宮内はもう刑事じゃない。捜査権も逮捕権もないから、自分でその人物を追い込むことはできませんよね？」

「ああ。それで、このおれに自分の代わりに武器強奪事件を企《たくら》んだ首謀者を取っ捕まえてほしかったんだろうな」

「そうだったんでしょう」

「宮内は過去の二つの未解決事件の真相も透《す》けてきたと言ってたんだ。彼がどんな犯罪《ヤマ》を嗅《か》ぎ回ってたか知らないか？」

「わかりませんね。でも、警察学校で同期だった連中とは、いまでも時たま近況を報告し合ってるんですよ。射殺された宮内が過去のどんな事件を調べてたか知ってる奴がいるかもしれないな」

「鑑取り班の連中が宮内の身内、友人、警察学校の同期生たちには聞き込みをしてるんだ。だが、これといった手がかりは得られなかった」

「宮内が上司と揉めて退官したんで、同期生の奴らはあまり事件に関わりたくなかったんでしょう。宮内がトラブった相手は、出世頭でしたからね。宮内をかばうような証言をしたら、自分の出世に響くとでも考えたんでしょう。警察官《サツカン》の多くはもともと力のある人間に弱いですから。わたしも、そのうちのひとりかもしれませんけど」

「森戸は気骨のある男に見えるがな」

「出世欲はさほど強くありませんが、やはり職階が上の者には逆《さか》らえませんし、同僚たちとも話を合わせることが多いですよ」

「チームワークを乱すと、働きにくくなるからな。ある程度の妥協や協調性は必要だよ」

「そうなんですが、もっと開き直って自分のポリシーを守るべきなんでしょうね。話を元に戻しますが、宮内と仲がよかった同期生の塙《はなわ》達朗《たつろう》が生きてれば、何か相談されてると思うんですが、もう亡くなってるんですよ」

「その名前には聞き覚えがあるな。本庁の公安部にいた男じゃないのか？」

「ええ、そうです。塙は公安一課で新左翼や過激派の活動を監視してたんですが、五年前に官舎の近くで帰宅途中に無灯火の乗用車に轢《ひ》き逃げされて、意識不明のまま数時間後に息を引き取ったんですよ。轢き逃げ犯は、未《いま》だに捕まってないんです」

森戸が言った。

二つの未解決事件のひとつは、それなのか。生方は密かに思った。

「その塙さんとは顔見知りでした」

浜畑が森戸に言った。

「だろうね、おたくも本庁勤めなわけだから」

「その事件では、ある過激派の幹部が捜査線上に浮かんだんですよね？」

「そうなんだ。しかし、そいつにはアリバイ《パイ》があるとかで、釈放になったんだよ」

「捜一の未解決事件専従班が去年まで塙さんの事件の継続捜査をしてたはずですが、いまはほとんど活動はしてませんね」

「専従班の刑事は多くないから、手が回らなくなって、一時、轢き逃げ事件の継続捜査は中断してるんだろう」

「そうなんでしょうか。被害者の塙刑事は身内だったわけだから、捜査を中断させるなんてことはあり得ないことだと思うんですがね」

「存命中の塙は言いたいことをはっきり口にしてたから、上層部にはあまり好かれてなかったんだよ。煙たがられてたと言ったほうが正確だね。だから、塙を轢き殺した犯人捜しに熱が入らないんじゃないのかな」

「偉いさんの誰かが継続捜査を中断させたんでしょうか。そうだとしたら、塙さんの轢き逃げ事件に警察関係者が関わってる疑いがありそうですね」

「ばかなことを言うなよ。警察官は誰も身内をかばう気持ちが強いんだ。たとえ塙が生意気な奴でも、亡《な》き者にしたいと思う人間なんかいるわけない」

「そう思いたいですが、やっぱり継続捜査が中断されてることは不自然です」

「とにかく、同期の奴らに少し当たってみますよ。何かわかったら、あなたに連絡します」

森戸が生方に言って、同僚たちのいる場所に戻った。

「おれが本庁にいたころは、確か専従班が塙刑事の死の真相を探ってたな」

生方は相棒に言った。

「本庁《うち》の課長に明日にでも、継続捜査が中断した理由を訊いてみますよ。なんか釈然としませんからね」

「そうだな。それとなく探りを入れてみてくれないか」

「わかりました」

浜畑が大声で応じた。

そのとき、近くで黒塗りのセルシオが停まった。後部座席から降り立ったのは、下坂会長だった。七十一、二のはずだが、六十代に見える。頑固そうな顔つきだ。

下坂は全経連本部ビルを見上げ、長嘆息《ちようたんそく》した。

生方は会長に歩み寄り、身分を明かした。浜畑も警察手帳を提示して、姓だけを名乗った。

「警察は何をやってるんだっ。角紅商事さんの本社ビルにロケット弾が撃ち込まれたのに、まだ『羊の群れ』のメンバーをひとりも検挙してないんだろう?」

下坂会長が生方に切り口上で言った。

「ええ」

「正社員になれなかったフリーターたちを労働組合運動をやってる人間が煽《あお》って、テロ行為をさせてるんだよ。実行犯グループのリーダーは傭兵《ようへい》崩れか何かなんだろう。捜査の素人のわたしだって、そこまで読めるんだ。警察は何をもたもたしてるんだっ。国会議事堂と都庁舎を爆破するという予告だって、犯人グループの陽動《ようどう》作戦と見抜けそうなものじゃないか。違うかね?」

「陽動作戦かもしれないとは思いましたが、全経連本部が標的にされるとは読めませんでした」

「中央官庁の次に大事なのは、全経連だろう。この国の経済を動かしてるのは、全経連の加盟企業だからな」

「お言葉を返すようですが、九十数パーセントの中小企業が大企業を下支えしてるから、日本はここまで成長したんではありませんか？」

「海外で安い労働力が確保できるんだから、国内の中小企業の助けはもう必要ない」

「それは大企業経営者たちの驕《おご》りではないのかな？　高度成長時代には、多くの中小企業が大企業を支えてきたはずです。平成不況になってからはグローバル化をいいことに、メーカーは競って工場を中国、ベトナム、インド、東南アジア諸国に移しました。そのため、下請け業者は次々に倒産に追い込まれました。市場経済の論理ばかり優先してたら、国内の労働者の働く意欲は下がる一方です。非正規雇用の労働者が千七百万人もいる現実から目を逸《そ》らす経営者は問題ですよ。もっと弱者の痛みを感じ取ってほしいですね」

「きみは誰に物を言ってるんだ。わたしは全経連の会長で、メガバンクの最高責任者なんだぞ。何様のつもりなんだっ」

「少し言い過ぎたかもしれません」

「犯人グループをかばうような刑事は、捜査から外れてほしいな。警察庁長官にきみのことを言ってもいいのかっ」

「お怒りが収まらなかったら、お好きなようになさってください」

生方は怯《ひる》まなかった。

「きみは人生を棄《す》ててるようだな?」

「その逆ですよ。だから、あなたのような高慢な成功者と折り合えないわけです。自分らしく生きることを願ってますんでね」

「若造が小癪《こしゃく》なことを言いよって」

「その後、犯人側から何か連絡はありましたか?」

「きみの質問に答える気はないっ」

下坂会長が言い放ち、初動班の捜査員たちのいる場所に向かった。

「怒らせてしまいましたね、全経連の会長を」

浜畑が嬉しそうに言った。

「ああいう尊大な人間は大嫌いなんでな。なんとなく逆《さか》らいたくなるんだ。まだガキなんだろうな、おれは」

「カッコよかったですよ。全経連の会長にあそこまでストレートに言える人間なんて、生方さん以外にいないと思います。なんかスカッとしました。それはそうと、どうしましょう？」

「おれたちは新宿署に戻ろう」

「はい」

二人はギャランに足を向けた。

二十数分で、新宿署に着いた。捜査本部に入ると、鑑取り班の刑事が露木に聞き込みの報告をしていた。依然として、菱沼、郷原、雑賀、長友の居所は摑めなかったようだ。

生方は、いつもの席についた。

庶務係の刑事がコーヒーを淹《い》れてくれた。生方は礼を言って、すぐにマグカップを持ち上げた。コーヒーをブラックで啜《すす》っていると、正面に坐った露木が声をかけてきた。

「ご苦労さん！　全経連本部の被害状況は？」

「十二階と六階にロケット弾が撃ち込まれ、ぽっかりと穴が開いてました」

生方は初動班の森戸警部補から聞いた話を伝え、下坂会長を怒らせたことも明かした。

「会長を怒らせるとは、いかにも生方らしいな。それはそうと、おれも五年前に轢《ひ》き殺された公安一課の塙の事件の継続捜査が中断されたことを訝しく思ってたんだ。それで、課長にその理由を訊いたことがあるんだよ」

「捜一の課長はなんて言ってました？」

たようだな」

「はっきりとは言わなかったんだが、上層部から捜査を一時中断しろというお達しがあったようだな」

「そうですか。事件を解明すると、何か都合が悪いことになるんだろうか」

「塙は熱血刑事だったから、担当事件の捜査に手加減しなかったんじゃないのかね。それで、誰かに恨まれることになったのかもしれないぜ」

「どんなことが考えられます？」

「公安部は冷血漢ばかりだから、内部の派閥争いも半端じゃないんだろう。それから捜査対象者の親族の弱みを握って、半《なか》ば強制的にスパイに仕立ててるからな。盗聴、脅迫、ハッキング、デマ流し、罪のでっち上げといった禁じ手も平気で使ってる。民主的な捜査活動を心がけてる刑事には、ショックなことが多いはずだ。正義感の強い塙は、上司を諫《いさ》めたのかもしれない」

「初動班の森戸から聞いた話なんですが、宮内一樹は警察学校で同期だった塙刑事と仲がよかったらしいんですよ」

「そうか、あいつらは同期だったのか。それなら、ホテルの地下駐車場で射殺された宮内は塙の轢き逃げ事件の捜査には、強い関心を持ってたはずだな」

「でしょうね。それはそれとして、一連の事件のことですが、露木さんの読み筋を聞かせてくれませんか」

「別所が奈良たちを唆《そそのか》して、『羊の群れ』と名乗らせ、ワーキングプアたちが反乱を起こしたと見せかけて、高級娼婦と遊んだ各界の有名人から約四十六億円を脅し取り、角紅商事から三十億円の現金をせしめた」

「ええ、そうでしょうね。全経連本部に二発のロケット弾を撃ち込んだのは、一連の事件は、『羊の群れ』の仕業《しわざ》だと世間や警察に見せかけるための一種のデモンストレーションだったんじゃないんですかね？」

「そうなんだろうな。要求が個人的な内容じゃないし、無理難題とも言えるからね。問題は角紅商事のシステムに潜り込んで恐喝材料を盗み出したハッカーは何者かだ。徳大寺は、数々の伝説を持つ天才ハッカーの〝バロン〟を怪しんでたよな？」

「ええ。しかし、ハイテク犯罪対策室の春日次長は〝バロン〟が二年近くも鳴りをひそめてることを挙げて、その可能性はないだろうと言ってました。それから春日警視は、〝バロン〟に強く憧れてる〝男爵〟こと篠力が犯人グループに雇われたのではないかとも語ってましたね」

「そう言えば、まだ新宿署の生安課は篠力《こ こ》を保護してないようだな」

「そうみたいですね、進藤さんから何も連絡がありませんから」

「春日次長の読み通りだとしたら、最近の高校生は怖いな」

「そうですね」

生方は言って、キャビンをくわえた。

3

奇妙な夢だった。

明け方、生方は夢を見た。

亡妻と秘めた想《おも》いを寄せていた高見沢亜希が草原で手を取り合って、愉《たの》しげに踊っていた。どちらも屈託《くったく》のない表情だった。

そんな二人の近くを肩を落とした男が通り過ぎていった。なんと宮内だった。

亡妻が宮内に声をかけ、手招きした。だが、宮内は立ち止まらなかった。悄然《しょうぜん》と歩み去った。病死した妻と亜希は何事もなかったように、ふたたびダンスに興《きょう》じはじめた。

夢は、そこで終わった。

生方はハム・エッグを食べながら、自分なりに潜在意識を分析しはじめた。

笹塚の自宅マンションのダイニング・キッチンだ。全経連本部ビルに二発のロケット弾が撃ち込まれた翌朝である。

まだ八時前だった。前夜は数時間しか眠れなかった。犯人グループに翻弄《ほんろう》されたことが腹立たしく思え、頭の芯《しん》が冴《さ》えてしまったからだ。

ふだんは、めったに朝食は作らない。前日に買っておいた菓子パンを頬張ることが多かった。しかし、今朝《けさ》は珍しくハム・エッグと野菜サラダをこしらえ、ドリップ式のコーヒーを淹《い》れた。

(死んだ三人が夢の中に出てきたのは、捜査が思うように捗《はかど》ってないからかもしれない)

生方は夢判断をして、バター・トーストを平らげた。二枚だった。野菜サラダも胃袋に収めた。

使った食器を手早く洗い、ドイツ製のシェーバーで髭《ひげ》を剃《そ》る。身支度しながら、テレビの電源スイッチを入れた。

都内の地下鉄全線と東海道・山陽新幹線が始発から不通になっていることが報じられていた。生方は動きを止めて、液晶テレビの画面を凝視《ぎょうし》した。

東京駅の新幹線改札口が映し出されている。足止めを喰らった大勢の乗客たちが、興奮気味に駅員たちに詰め寄っていた。

「繰り返しお伝えしていますが、中央制御室のコンピューターがウイルスによって、作動しなくなってしまったようです」

男性の放送記者が大映しにされた。

生方はチャンネルを切り換えた。地下鉄丸ノ内線の新宿駅の改札口付近は、人でごった返していた。人波に呑《の》まれた恰好《かっこう》のテレビ・レポーターが顔面を引き攣《つ》らせながら、必死に現場の実況中継をしている。乗客も駅員も殺気だっていた。

携帯電話が鳴った。

生方は上着の内ポケットから、手早く携帯電話を摑み出した。発信者は、上司の中尾課長だった。

「地下鉄全線と東海道・山陽新幹線が始発から動いてないことは知ってるね？」

「少し前に知りました、テレビのニュースで」

「そうか。例の『羊の群れ』がコンピューターにウイルスを撒《ま》いて、地下鉄と新幹線を動かなくさせたんだよ。少し前に警察庁長官の許《もと》に犯行声明のメールが届いたんだ」

「犯行の狙いは？」

「全経連が要求を拒絶したとかで、暴挙に出たようだ」

「犯人側は、全経連の下坂会長に接触したんですね？」

「そうだ。下坂会長に確認したところ、今朝四時半ごろに『羊の群れ』の一員だと名乗る男から携帯に電話がかかってきたらしい。サブディスプレイには〝公衆電話〟と表示されてたというんだ。それから、電話の主はボイス・チェンジャーを使ってたようなんだよ。声が妙にくぐもってたとかで、年齢の察しはつかなかったらしい。アナライザーを使って加工音声を消してみたそうだが、結局……」

「下坂会長は、犯人グループの要求を突《つ》っ撥《ぱ》ねたんですね？」

「ああ、きっぱりと断ったそうだ。それで、犯人どもはとんでもない仕返しをする気になったんだろう。電話の男は要求を拒みつづけたら、首都圏の交通や流通を完全に麻痺させて、全経連加盟の全社に大きな損失を与えると凄《すご》んだらしいんだ」

「いい気になりやがって」

「犯人どもは首都圏の交通網を遮断《しゃだん》して、多摩川、隅田川、荒川、江戸川に架《か》かった橋をことごとく爆破する気なんじゃないかね？　そうなったら、東京は陸の孤島のようになってしまう。都市の機能が働かなくなったら、経済的な損失額は天文学的な数字になるだろう。経済的な損失が出るばかりか、政治にも支障を来《きた》すはずだ」

「ええ、そうでしょうね」

「都民は限られた食料を奪い合って、醜《みにく》いがみ合うだろう。パニックに陥った奴らが商店を襲ったり、無差別殺人に走るかもしれない。生方君、どうすればいいんだ⁉」

「課長、落ち着いてください。犯人グループは首都圏のあらゆる機能を本気で麻痺させようとは考えていないと思います」

生方は言った。

「なぜ、そんなことが言えるんだね？」

「犯人グループがこれまでやったことを考えてみてください。高級娼婦を買った各界の著名人からおよそ四十六億の口留《ど》め料を脅し取り、角紅商事から三十億円の現金をせしめてるだけです。『羊の群れ』が全経連に要求したことは、一種のミスリードだったんだと思います」

「ミスリード？」

「ええ、そうです。単なる恐喝集団じゃないことをアピールして、捜査の目を奈良昌吾たち貧しいフリーターが反乱を起こしたと印象づけたかったにちがいありません」

「自己啓発セミナーに誘い込まれたネットカフェ難民たちが主犯格だと思わせるための偽装ではないかと言うんだね？」

課長が問いかけてきた。

「その通りです。奈良たちを操ってると思われる別所は、本気で全経連加盟企業に派遣社員や失業者を引き取らせる気なんかないはずです。九人のフリーターをうまく唆《そそのか》したようですが、真の狙いは金なんでしょう。別所が真剣にワーキングプアたちを支援したいと考えてるんだったら、恐喝なんか働くわけありませんよ」

「ま、そうだろうね。とにかく、なるべく早く署に顔を出してくれないか」

「わかりました」

生方は電話を切ると、部屋の戸締まりをした。

六階にある自室を出て、エレベーターで一階に降りる。生方は表通りまで大股で歩き、タクシーを拾った。十数分で、新宿署に着いた。

捜査本部に入ると、露木が警察電話で誰かと喋っていた。捜査班の刑事たちがテレビの前に集まり、事件の実況中継に耳をそばだてている。誰もが忌々《いまいま》しげだった。

「綿引理事官から電話があったんだ」

露木が受話器をフックに戻して、大声で言った。

「そうですか。都内の地下鉄と新幹線が始発から運行できなくなって、大変な騒ぎになってますね」

「ああ、犯人どもをぶっ殺してやりたいよ。一般市民に迷惑をかけやがって。とうてい赦《ゆる》せんな」

「おれも同じ気持ちです」

「理事官からの情報なんだが、ＪＲ東海本社に『羊の群れ』から犯行声明のメールが届いて、犯人グループのシンパの高校生ハッカーが作成したウイルスをＪＲ東海のシステムに撒いたと書かれてたらしいんだ。地下鉄各社の中央制御室のコンピューターも同じウイルスにやられちまったんだろうな」

「多分ね」

「その高校生ハッカーのことなんだが、家出中の篠力のことなんじゃないのかな？　おれは、そう直感したんだよ。ＪＲ東海本社に届いたメールは、渋谷区宇田川町《うだがわちょう》にあるネットカフェから発信されてたらしい。生方、どう思う？」

「犯人側がわざわざ手の内を明かすだろうか。高校生ハッカーが作成したウイルスを撒いたなんて具体的なことに触《ふ》れるのは、なんだか不自然ですよ。作為《さくい》が感じられませんか？」

生方は言って、露木の正面に坐った。

「言われてみれば、確かに変だな。犯人グループの中の誰かが篠力に疑惑の目を向けさせようと画策したんだろうか」

「そう考えられますね」

「ＪＲ東海はもちろん、どの地下鉄のコンピューターも何重にもガードされてるはずだ。

それなのに、ウイルスを撒かれたと思われる。システムを作動させなくしたのは、高度なハッキング・テクニックを持った奴にちがいないな」

「そうなんでしょう」

「生方、二年近く鳴りをひそめてる〝バロン〟が犯人グループに協力したとは考えられないか？」

「その可能性はゼロじゃないでしょう。ただ、協力する気になったとしたら、動機は何なんですかね？　二年近く悪さを慎《つつし》んでた天才ハッカーが『羊の群れ』に協力する気になった理由が読めないんですよ」

「〝バロン〟はワーキングプアたちに同情して、一肌脱ぐ気になったんじゃないのか？多分、二、三十代のフリーターがネットカフェを塒《ねぐら》にしなきゃならない現実に政治のお粗末さも感じたんだろうな。おれだって、経済格差がこれ以上拡《ひろ》がることはまずいと思ってる」

「それは、こっちも同じです」

「自由経済なんだから、スペシャリティを持った者や人一倍努力をした奴が高収入を得てもいいと思うよ。それだけ頑張ったわけだから、金銭面で報《むく》われるのは当然だ。会社でいいポストに就《つ》いたり、高い社会的地位を得てもかまわない」

「だからといって、貧困層や高齢者を邪魔者扱いするような社会は病《や》んでるよ。多くの人間がそう思ってるはずだ。しかし、日々の暮らしに追われて、社会の歪みを正そうとする行動を起こすまでには至らない」

「ええ、そうですね」

「おれも、そのひとりだな」

「〝バロン〟の正体は不明だが、借金国家になった日本を再生させるにはロスト・ジェネレーションと呼ばれてる連中に元気を取り戻してもらいたいと考えてるんじゃないだろうか」

「ハッカーやクラッシャーが社会のことをそこまで真面目に考えてるとは……」

「思えないか？」

「ええ。他人のことを思い遣《や》れる人間がコンピューターに悪さをして、ひとり悦《えつ》に入《い》ってるとは考えにくいでしょう？　ハッカーもクラッシャーも共通して、自己中心的な性格なんだと思うな」

「社会正義のために立ち上がるなんてことはあり得ないか？」

「と思います」

「生方、〝バロン〟は何か事情があって、まとまった金が必要になったのかもしれないぜ。

そうなら、犯人グループに協力する動機があるよな？」

「露木さんが言うように、〝バロン〟はまとまった金が必要になったのかもしれません。自分で企業恐喝をやれるはずですが、素姓《すじょう》がバレないという保証が百パーセントあるわけではないでしょ？」

「それはそうだろうな」

「だから、〝バロン〟は安全策を取ったのかもしれません。〝バロン〟は当然、凄腕の高校生ハッカーの噂を耳にしてたと思います」

「〝バロン〟が篠力になりすまして、犯人グループに協力してたかもしれないって推測したわけか」

「そうです」

　生方はうなずいた。

「考えられなくはないね。ＪＲ東海のセキュリティは堅固だろうから、並のハッカーじゃシステムには侵入できないだろうし、ウイルスを撒くことも不可能だろうしな」

「難しいでしょうね」

「ちょっと専門家の意見を聞いてみよう」

　露木が警察電話の受話器を手に取り、本庁ハイテク犯罪対策室に連絡を取った。電話がつながった。

「捜一の露木です。春日次長をお願いします」

「…………」

「このまま待たせてもらいます」

露木は送話口を手で塞《ふさ》ぎ、春日が別の電話に出ていることを告げた。生方は煙草に火を点けた。

ふた口ほど喫《す》ったとき、露木が春日警視と通話しはじめた。一服し終えたとき、電話が切られた。

「通話内容は察しがついただろうが、春日さんは〃バロン〃が犯人グループに加担したとは考えられないときっぱりと否定したよ」

「その理由については、どう言ってました？」

「これまでの数々の伝説を分析すると、〃バロン〃は孤高のハッカーだというんだ。誰かとつるんでハッキングしたり、ウイルスを撒くなんてことは考えられないってさ」

「そうですか」

「春日警視は、高校生ハッカーの篠力が『羊の群れ』に手を貸したんじゃないかと疑ってたな。それで部下を渋谷のネットカフェに行かせて、JR東海本社にメールを送りつけた奴を捜させてるらしいよ」

「動きが早いな」

「ほかの部下をJR東海や地下鉄各社に行かせて、ウイルスの侵入ルートを調べさせてるそうだ。新幹線と地下鉄は夕方まで運行不可能だろうとも言ってたよ」

「そうですか。ハイテク犯罪捜査のプロがそう言ってるんなら、〝バロン〟はシロなんでしょう。しかし、篠力が犯人グループに加担してるとも思えないな」

「おれも高校生ハッカーは、一連の事件には関与してないような気がしてきたんだ」

「そうですか。露木さん、無駄骨を折ることになるかもしれませんが、ちょっと塙の遺族に会ってみたいんですよ。宮内が言ってた未解決事件が塙の死と関係があるような気がしてきたんでね」

「実はおれもそう思いはじめてたんで、塙の実家の住所を調べておいたんだ。ぜひ遺族に会ってみてくれよ」

露木がそう言い、一枚の紙切れを差し出した。塙の実家は大田区南馬込《まごめ》二丁目にあった。亡くなるまで両親と二つ違いの弟と同居していたことが書き添えられていた。

「相棒が来たら、すぐに塙さんの実家に行ってみます」

「ああ、頼むよ。おれは別所宅を張り込んでる連中と密《みっ》に連絡を取りながら、ここで昨夜《ゆうべ》と今朝《けさ》の事件の情報を集める。むろん、鑑取り班には菱沼、郷原、雑賀、長友の四人の潜伏先を探らせるよ」

「お願いします」

生方は脚《あし》を組んだ。露木が椅子から立ち上がって、テレビの前に集まっている捜査員たちに近寄った。

そのとき、浜畑が捜査本部に姿を見せた。

「犯人どもは、いったい何を考えてるんでしょうね。地下鉄と新幹線を運行不能にさせるなんて、過激派のテロより悪質ですよ」

「そうだな」

生方は知り得た情報を相棒に教え、ほどなく捜査本部を出た。

ギャランに乗り込み、死んだ公安刑事の実家に急ぐ。四十分ほどで、塙宅に着いた。ごくありふれた二階家だった。

生方たちは覆面パトカーを塙宅の少し先の路上に駐《と》めた。

浜畑がインターフォンのボタンを押した。だが、なんの応答もなかった。留守なのか。

（予《あらかじ》め電話をしてから、ここに来るべきだったな）

生方は悔やんだ。

浜畑が隣家まで走り、せっかちに呼び鈴《りん》を鳴らした。家の中から五十年配の女性が姿を見せた。浜畑は短い遣《や》り取りをしてから、駆け戻ってきた。

「塙さんのご両親は毎日、夫婦で正午近くまで散歩をしてるそうです。故人の弟さんは、七時過ぎに出勤したという話でした。どうしましょうか？」

「車の中で待とう」

生方は先に覆面パトカーの助手席に入った。

浜畑が運転席に坐り、無線のスイッチをオンにした。数分、耳をそばだててみたが、本事案に関わりのある交信は交わされなかった。

浜畑が警察無線のスイッチを切り、背凭《せもた》れに上体を預けた。

「眠かったら、少し居眠りをしてもいいぞ」

「いいえ、大丈夫です」

「二時間前後は待たされそうだから、おれに遠慮することはない」

生方は言った。

浜畑は曖昧《あいまい》にうなずいたが、十数分後には寝息を刻んでいた。捜査本部の仕事は激務だ。体を休められるときに仮眠をとっておかないと、持久戦に耐えられなくなる。

（起こさないようにしないとな）

生方は極力《きょくりょく》、身動きを控えた。ルーム・ミラーとドア・ミラーを交互に覗き込みながら、時間を遣《や》り過ごす。

生活安全課の進藤刑事から電話がかかってきたのは、午前十一時過ぎだった。

「篠力をようやく見つけたよ。しかし、手遅れだった」

「どういうことなんです？」

「母方の祖父の洋画家のアトリエが八王子郊外にあるんだが、〝男爵〟は硫化水素《りゅうかすいそ》を使って浴室で自殺してたんだ」

「えっ⁉」

予想外の展開だった。近年、硫化水素を用いた自殺が各地で相次いで起きている。

硫化水素は無色の気体で、空気より重い。高濃度だと、数回吸っただけで脳の中枢《ちゅうすう》神経が破壊され、呼吸困難に陥る。硫化水素を含んだ便器用洗浄剤は市販されているため、自殺に多く使われるようになったわけだ。入浴剤と混合させると、強い毒ガスが発生する。

「浴室の窓とドアはダクトテープで目張りされてた。力君は空の浴室に服を着たまま、両膝を抱え込んだ形で亡くなってたんだ。アトリエの壁には、マジックで『〝バロン〟を超えるハッカーになれなかったことだけが無念だ。グッバイ！』と殴り書きされてたよ」

「自殺したのは、いつのことなんです？」

「検視官は、家出した夜に命を絶《た》ったんだろうと言ってた。もう腐敗がはじまってたよ」

「何も死ぬことはなかったのにな」

「ほんとだね。若い子は、どうしても物の考え方がせっかちだからな。すぐに結論を出してしまう。捜査本部にも一報入れておくよ」

「わざわざ連絡をありがとうございました」

生方は終了キーを押した。〝男爵〟に対する疑惑が完全に晴れたことがせめてもの慰めだった。必然的に〝バロン〟に対する疑惑が強まった。

「何か動きがあったんですね？」

浜畑が目を覚ました。生方は、高校生ハッカーが死んだことを言葉少なに伝えた。

4

線香を手向《たむ》けた。

生方は、塙達朗の遺影を見つめた。翳《かげ》りのない笑顔だった。それだけに、若くして死んだ故人が気の毒に思えた。

一階の奥にある仏間だ。八畳の和室である。

故人の両親が散歩から戻ったのは、午後一時半ごろだった。六十代の夫婦は散策の後、馴染みの和食レストランで昼食を摂《と》ったらしい。

生方は合掌し、仏壇の前から離れた。

浜畑刑事が遺影の前で正坐した。一礼し、線香を手に取る。

「殉職なら、二階級特進になるんでしょうが、倅《せがれ》は職務中に轢《ひ》き逃げされたわけではありませんからね。巡査長のまま、あの世に……」

故人の父親が下を向いた。塙雄一《ゆういち》という名で、六十六歳だった。停年まで大手の損害保険会社に勤め、いまは年金生活者だという。

「残念でしたね」

「できることなら、わたしが息子と代わってやりたかったですよ」

「お気持ちはわかります」

生方は言って、相棒と坐卓に並んで向かった。卓上には四人分の緑茶が用意されていた。

「粗茶ですが、どうぞ……」

故人の母が口を開いた。民子《たみこ》という名で、六十四歳だった。実年齢より老《ふ》けて見えるのは、長男が短命だったからか。悲しみが深いと、人間は心身ともに衰《おとろ》えやすいと言われている。

「自分の子を誉《ほ》めるのはおかしいんですが、達朗はまっすぐな性格で、頭も悪くなかったんですよ」

「そうだったんでしょうね」

生方は民子に応じ、故人の父親に顔を向けた。

「息子さんが亡くなられる前に何か変わったことはありませんでした？　脅迫状が届いたり、無言電話がかかってきたりとか？」

「そういったことはなかったですね。公安刑事は捜査内容を家族にも洩らしてはいけないらしく、達朗は家では仕事のことには触《ふ》れようとしなかったんですよ。倅は融通の利かない奴でしたから」

「真面目な警察官だったんでしょう」

「でも、息子が非番の日に過去の事件を個人的に調べてる気配は感じ取れました」

「その事件というのは？」

「六年前の春、過激派セクトの幹部が利権右翼と保守派の論客の車に爆破物を仕掛けて爆死させた事件があったんです」

「その事件のことなら、よく憶《おぼ》えてますよ。事件後に右翼青年が日本刀を振り翳《かざ》して、犯人の所属してた『青狼同盟』のアジトに殴り込みましたからね」

「ええ、そうなんです。二人の人間を爆死させた寺町数馬《てらまちかずま》は逮捕直前に逃亡して、いまも捕まってないんですよ」

「そうですね。全国指名手配されたんですが、潜伏したままのようです」

「達朗は、二件の爆殺事件の捜査を担当してたんですが、数カ月後に別の事案を受け持たされたようです。でも、息子は寺町数馬の逮捕に執念を燃やしてたようで、非番の日に指名手配犯の行方を追ってたみたいなんですよ」

「公安一課は息子さんを無灯火の車で轢き殺したのは、『青狼同盟』の同志と睨んで犯人の割り出しをしたんじゃないのかな?」

「ええ、そうなんです。しかし、結局、犯人を絞り込めなかったんですよね。本庁捜査一課の専従班が継続捜査をしてくれてたんですが、去年の初秋からは何も活動をしてないようです」

「息子さんの上司だった公安一課長は、そのことについてはどう言ってるんです?」

「継続捜査を打ち切ったわけじゃないと言ってましたが、専従班が動いてる様子はうかがえなかったな」

「そうですか。話を元に戻しますが、達朗さんは逃亡中の寺町数馬の潜伏先を突きとめたんではないのかな。そうは考えられませんか？」

「それだから、『青狼同盟』のメンバーに轢き殺されたんでしょうか？　ですけど、息子が寺町の隠れ家を突きとめた気配はうかがえませんでしたね」

「そうですか」

「母さんはどうだ？」

塙雄一が、かたわらの妻に問いかけた。

「わたしも、そういう様子は感じ取れなかったわね。ただ、達朗は職場の上司や同僚たちに非公式の捜査をしてることを知られたくなかったようです。非番の日に出かけるときは、誰かから家に電話がかかってきたら、釣りに出かけたと答えてくれと言ってましたから」

「担当を外された事案を個人的に調べてることを同僚や上司に知られたら、気まずくなると思ってたんだろうか」

「そうなのかもしれませんね」

「先夜、新宿で射殺された宮内一樹と息子さんは警察学校で同期でしたよね？」

「ええ、そうです。宮内さんとは気が合ったらしくて、一度も配属先が一緒にはなったことはなかったのに親しくつき合ってました。宮内さん、何度もここに遊びに来たことがあるの。息子が死んだときは柩《ひつぎ》を抱え込んで、男泣きしてくれたんですよ。それでね、達朗の代わりに自分が必ず寺町数馬の潜伏場所を突きとめると言ってくれてたの。でも、宮内さんまで殺されることになってしまって……」

民子が語尾を湿らせ、目を伏せた。

「宮内は、寺町の行方を追ってたんでしょうか？」

生方は故人の父親に問いかけた。

「追ってたことは追ってたようですよ。ただ、なかなか寺町の隠れ家は見つけられなかったみたいですね。そうこうしてるうちに、宮内君は依願退職してしまったんですよ。それでも仕事の合間に、寺町捜しをしてくれてたんですけどね」

「息子さんが寺町数馬に関する捜査情報を宮内に預けた様子はありました？」

「それはわかりません。遺品の大半は職場の同僚たちが捜査資料として借りたいと持っていきました。その遺品を一度返却してほしいと申し出たんですが、上司の方がまだ捜査に必要だからと言って……」

「いまも返却されてないんですね？」

「ええ、そうです」

「どんな遺品だったんです？」

「パソコンのフロッピーディスクとか、デジタル・カメラのメモリースティックなんかですね。確かICレコーダーもあったな」

「そうですか」

「二つ違いの弟さんは、大手鉄鋼会社の営業部にいらっしゃるんですよね？」

浜畑が民子に話しかけた。

「ええ」

「ご兄弟の仲は、どうだったんでしょう？」

「達朗は弟の真二《しんじ》と仲がよかったですよ」

「それなら、お兄さんは非公式の単独捜査のことを少しは弟さんに洩らしてたんではありませんか？」

「長男は公私混同をするような子じゃありませんでしたから、弟に捜査内容は話してないと思いますよ。ただ、達朗は弟に『本庁の偉い連中は警察官の本分を忘れてる』と苦々しく呟いたことがあるらしいんです。その話を聞いたとき、わたし、息子が寺町数馬の引き起こした事件捜査から外されたことと何か関連があるんじゃないかと直感したんですよ」

「もう少し具体的に言っていただけますか？」

「これは単なる推測なんですが、警察の上層部は何か考えがあって、寺町の逮捕には積極的になれなかったんじゃないのかしら？　達朗は職務を全《まっと》うしたいタイプだから、利権右翼と保守派の論客の二人を殺した犯人を何がなんでも取っ捕まえようとしたんでしょうね。そんなことになったら、偉い方たちは困ったことになる。それだから、息子を捜査から外したんではないかと考えたんです」

「お母さん、それはどうでしょうか？　上層部の中に、社会の治安を守ることよりも自分の出世のことを先に考える者がいることは否定しません。しかしですね、二人の人間を爆死させた寺町数馬の逮捕に消極的だったなんてことはあり得ないですよ」

「そう思いたいけど、寺町は捜査員たちがアジトに踏み込む一時間前に逃亡を図ったんだと息子から聞きました。意地の悪い見方をすれば、公安関係者が寺町に逮捕執行《しっこう》の情報をこっそり教えたとも……」

「お母さん、よしなさい。推測や臆測《おくそく》でそこまで言うのは問題だよ」

夫が妻を窘《たしな》めた。

「でも、タイミングがよすぎると思わない？」

「過激派の活動家たちはいつも公安刑事にマークされてるんで、警察の動きには敏感なんだろう。だから、寺町数馬は本能的に捜査員たちに踏み込まれる前に逃げたんだよ」

「そうなのかしら？」

「公安警察は、一九七〇年代から爆弾闘争をつづけてきた『青狼同盟』の蛮行《ばんこう》を憎んでたはずだよ。だから、寺町の犯行を大目に見るなんてことは考えられない」

「でも、実際には寺町の逮捕にそれほど執念を燃やしてないようじゃないの？」

「そんなことはないと思うがな」

「お父さん、どうしちゃったの!?　何年も前から公安一課は寺町に何か弱みを握られて、わざと逮捕しなかったのかもしれないと言ってたでしょうが！」

「そうだが、証拠がある話じゃないからな。警察関係の方の前では、そういうことは口にできんよ」

「意気地なし！」

民子が夫に蔑《さげす》むような眼差《まなざ》しを向けた。

「公安の連中は非合法捜査に近いことをやってますが、犯罪者と裏取引するような真似はしてないはずです」

浜畑が故人の父母を等分に見ながら、心外そうに言った。先に口を開いたのは、塙の父親だった。

「そうでしょうね。アメリカは司法取引が認められてますから、捜査に協力してくれる犯罪者の罪を軽くしてやってます。しかし、日本では司法取引は法で禁じられてますからね」

「ええ」

「家内が軽はずみなことを口走りましたが、勘弁してやってください。伜を轢き殺した犯人が五年以上も逮捕されないんで、警察に対して少し不信感を懐《いだ》きはじめてるんですよ」

「それは当然のことだと思います」

生方は故人の父親に言った。

「正直に言って、わたしも五年は長すぎると感じてます。仮に寺町数馬が整形手術で顔を変えてどこかに潜伏してても、生きてる限り、飯を喰わなきゃならないわけです。たっぷり逃亡資金を用意してたとしても、独り暮らしをしてるなら、自分で食材を買いに行くか、ラーメン屋とかピザ屋から出前をしてもらうでしょう」

「そうですね」

「つまり、誰かと接触してるわけですよ。同居者がいたとしても、隠れ家から一歩も外に出ないとは考えられない。夜になったら、庭先にぐらいは出るでしょう。寺町のそんな姿を隣近所の者が見てると思うんですよ」

「でしょうね」

「それなのに、寺町は検挙されてません。だから、公安一課は『青狼同盟』の幹部を本気で捕まえる気がないのではないかと疑ってしまったんです」

「そのあたりのことを少し調べてみましょう。予告なしに押しかけて、申し訳ありませんでした」

「いいえ。これも推測の域を出ないいんですが、ひょっとしたら、宮内君の事件と息子の死はリンクしてるのかもしれません」

塙の父が言った。

生方は黙ってうなずき、目顔《めがお》で浜畑を促《うなが》した。二人は塙宅を辞去し、覆面パトカーに乗り込んだ。

「浜畑、どこかで昼飯を喰おう」

「はい」

相棒がギャランを走らせはじめた。第二京浜国道に出ると、ファミリー・レストランが見つかった。

二人は、その店に入った。客席は半分ほどしか埋まっていない。

どちらもメンチカツ付きのハンバーグ・ライスのセットを注文した。生方は水で喉を潤《うるお》し、キャビンをくわえた。

「塙刑事のお母さんは、公安一課が故意に寺町数馬を逃がしたのではないかと疑ってるみたいでしたね。殺人犯と裏取引するなんてことは、絶対にありっこないのに」

浜畑が不満顔で言った。

「そう言い切れるんだろうか」

「まさか生方さんまで……」

「『青狼同盟』は確か四年ほど前に主だった幹部たちが次々に逮捕されて、事実上、セクトは壊滅したんだったよな?」

「ええ、そうですね」

「公安一課は、寺町と法で禁じられてる司法取引に近いことをしたのかもしれないぞ。寺町が同志を裏切ったから、過激セクトの『青狼同盟』をぶっ潰《つぶ》せたんじゃないのかな?」

「待ってください。寺町は、二人の人間を爆殺してるんですよ。利権右翼はハイエナみたいな老人でしたが、保守系の論客はちゃんとした言論人だったんです。少し物の見方が偏《かたよ》ってましたけどね。そんな人間を虫けらのように殺した寺町は、極悪人と言ってもいいでしょう。公安一課が何か弱みを殺人犯に摑まれてたとしても、逃亡の手助けなんかしないと思います。そういう事実があったら、世も末ですよ」

「世も末なのかもしれないぜ」

　生方は紫煙をくゆらせながら、低く言った。

「あんまりニヒルなことを言わないでくださいよ。われわれは警察官《サツカン》なんです。公安の連中はどこか抜け目がないから、友人にはなりたくありません。だけど、一応、身内でしょ？　そこまで疑ったら、彼らも立つ瀬がないですよ」

「どうしても腑に落ちないことが二つもあるんだ。なぜ、塙達朗は寺町の事件捜査から外されたのか。そして、捜一の専従班はなんで塙の轢き逃げ事件の継続捜査を中断させたのかだ。そんなことは前例がないじゃないか」

「そうですね。多分、何か特別な理由があって、塙さんの事件の捜査を一時中止せざるを得なかったんでしょう」

「特別な理由って、どんなことだ？」

「それはわかりません」

　浜畑は困惑顔だった。

「露木さんから聞いたんだが、捜一の課長は専従班が捜査を中断したのは上からの指示があったからだと仄《ほの》めかしたらしい」

「そうなんですか!?　それは知らなかったな」

「腑に落ちないことを考えると、公安一課が寺町と司法取引めいたことをした疑いも出てくる。そのことを裏付ける材料もなくはないんだ」

「四年ほど前に『青狼同盟』が壊滅に追い込まれたことですね?」

「そうだ。過激な爆弾闘争をやってたセクトをぶっ潰したことは、大きな手柄になる。その翌年に公安一課長の染谷弘行《そめやひろゆき》は警察庁に戻って、交通局長のポストに就いたんじゃなかったか?」

「ええ、そうです。染谷さんは私大出身の警察官僚《キャリア》ですが、五十一歳で交通局長になったんですから、大変な出世ですよね」

「ま、そうだな」

生方は喫《す》いさしの煙草の火を消した。

毎年、警察庁には二十数人の有資格者《キャリア》が入る。そのうちの半数近くが東大出身者で、約三割が京大出だ。残りの一割強が東北大や阪大の出身者で、私大卒業のキャリアはひとりか二人しかいない。現在、五百数十人の警察官僚がいるが、警察庁と警視庁の首脳部の九割は東大出である。

「同じキャリアなのに、私大出身者だと出世が遅いですよね? それって、どこかおかしいよな。それはそうと、生方さんは染谷さんが出世したくて、寺町と裏取引したのかもしれないと筋を読んだんですね?」

「まだ確証はないが、そういう推測もできるんじゃないのか？」

「仮にそうだとしたら、染谷警視監が塙さんの事件の継続捜査をストップさせたんでしょうか？」

「警察庁の交通局長は警務局長、刑事局長、警備局長なんかと待遇は同じだが、マイナーなポストだ。染谷局長の独断で、そんなことはできないだろう」

「トップに近い本庁の副総監か警察庁の刑事局長あたりからの指示だったとしたら、組織ぐるみで寺町と密かに司法取引したんですかね？」

「いや、それはないと思う。司法取引があったとすれば、染谷が独断でやったんだろう。しかし、そのことを塙達朗が暴《あば》いたら、警察全体が威信《いしん》を失ってしまう。だから、トップに次ぐ偉いさんから轢き逃げ事件の継続捜査の中断命令が下ったんだろう」

「生方さん、それだけなんでしょうか？　もしかしたら……」

「塙は身内に葬《ほうむ》られた可能性もあるよな」

「なんてことなんだ」

浜畑が髪の毛を搔《か》き毟《むし》った。

ウェイトレスが、注文したハンバーグ・ライスのセットを運んできた。生方たちは黙しがちに昼食を摂《と》りはじめた。

あらかた食べ終えたころ、生方の懐で携帯電話が着信音を発した。ペーパー・ナプキンで口許を拭《ぬぐ》い、携帯電話を摑み出す。

発信者は、捜査本部にいる露木警部だった。

「生方、待った甲斐《かい》があったぞ。張り込み班からの報告で、別所辰巳が恵比寿の自宅に十分ほど前に戻ったことがわかった」

「チャンス到来ですね」

「おそらく別所は今夜遅くか、明朝にアジトに戻るつもりなんだろう。『東日本労働者ユニオン』の元事務局長を尾行すれば、一連の事件の実行犯たちを押さえられると思う」

「そうですね」

「『SAT《サット》』のメンバーを四、五人、助っ人要員として呼ぶか」

「大事をとって、そうしましょう」

「ところで、塙の両親に会えたのか？」

「ええ。聞き込みの結果は、後で話します。いったん署に戻ります」

生方は携帯電話を折り畳み、卓上の伝票に手を伸ばした。

第五章　禁じ手の代償

1

日付が変わった。

中央自動車道の相模湖《さがみこ》ＩＣ《インターチェンジ》を通過して間もなくだった。下り車線である。

生方はレンタカーのマークＸ《エックス》の助手席から、前を走る銀灰色のレクサスに目を当てていた。

レクサスを運転しているのは、別所辰巳だった。同乗者はいない。

別所は一時間数十分前に恵比寿の自宅を出た。車のトランクには、サムソナイト製のキャリー・ケースが入っている。中身は衣類だろう。

マークＸの後ろには、四台のレンタカーが連《つら》なっている。それぞれ捜査班の刑事が二人ずつ乗り込んでいた。その後方を走っているのは、『SAT《サット》』のワンボックス・カーだ。

支援隊員は四人だった。

総勢十四人で犯人グループのアジトを包囲し、一連の事件の被疑者を逮捕して、高級娼婦たちを保護する段取りになっていた。

「別所は、尾行にまったく気づいてない様子だな。生方さんがレンタカーを使おうと判断されたことは正解でしたね」

運転席で、浜畑が言った。

「まだ安心はできない。別所は、このレンタカーが自宅近くから追尾してることを訝《いぶか》しく思いはじめてるかもしれないからな」

「そんなふうには見えませんけどね」

「レンタカーを使ったことが裏目に出なきゃいいが……」

「どういうことなんです?」

「東京から同じレンタカーがずっと後方を走ってたら、別所辰巳は怪しんで、刑事に尾《つ》けられてると覚《さと》るかもしれないってことだ」

「たっぷり車間距離を取ってましたし、ちょくちょく後ろのレジェンドとポジションを替えてるんです。別所に不審がられることはないと思いますがね」

「だといいがな」

「生方さんはちょっと慎重過ぎますよ。別所には前科歴がないんです。それほど警察の動きは気にしないでしょう？」

「確かに犯歴はなかった。しかし、別所は九人のフリーターや元自衛隊員たちを使って、手の込んだ恐喝事件を働いた疑いが濃いんだ。当然、捜査当局の動きには神経質になってるはずだよ」

生方は口を閉じた。

ほどなくレクサスは上野原《うえのはら》ＩＣを越えた。行き先は山梨県内のどこかにある自己啓発セミナーの合宿所だろう。

そこには奈良昌吾たち九人のフリーター、高級娼婦たちがいると思われる。元レンジャー部隊の教官の菱沼、郷原、雑賀、長友の四人も寝泊まりしているのかもしれない。

レクサスが右のレーンから左のレーンに移った。数分後、左のウィンカーが灯《とも》された。

「どうやら別所は、この先の談合坂《だんごうざか》サービスエリアに寄る気らしい」

生方は口を開いた。

「小便したくなったんでしょう」

「あるいは、給油のためだろうな」

「別所が便所に行ってくれるといいですね。車を離れた隙《すき》にレクサスに電波発信器を取り付けられますから」

浜畑が言った。

生方は上着の内ポケットから携帯電話を取り出し、後方のワンボックス・カーに乗っている『SAT《サット》』の宇佐見徹《うさみとおる》警部に連絡を取った。三十五歳の宇佐見は、支援要員のチーフだ。文武両道に秀《ひい》でた男で、頼もしい助っ人だった。

「間もなく別所は、談合坂サービスに入る。対象者がトイレに入ったら、手筈《てはず》通りにレクサスのリア・バンパーの奥に電波発信器を装着してくれ」

「了解！」

ワンボックス・カーには、車輛追跡装置が積み込まれている。電波のカバー・エリアは十キロだ。それ以内なら、マークした車を見失うことはない。

電波発信器は磁石式になっている。レクサスが未舗装のでこぼこ道を走っても、電波発信器が落ちる心配はなかった。

「電波発信器を装着したら、ワンボックス・カーは別所の車の真後ろに付けてくれ」

「わかりました。それで、マークXと前後になりながら、レクサスを追うんですね？」

「そうだ。よろしくな！」

生方は電話を切った。

「『SAT《サット》』の四人がバックアップしてくれるんですから、鬼に金棒ですよ。彼らはわれわれと違って、自動小銃、ガス弾、サブマシンガンを使えますんでね」

「向こうには、菱沼たち元自衛官が四人もいるんだ。すんなり犯人グループを制圧できるとは限らない。『SAT《サット》』のメンバーとはいえ、むやみには発砲できないからな。それに九人の娼婦がアジトにいたら、犯人グループは彼女たちを弾除《たまよ》けにするとも考えられる」

「ええ、そうですね。菱沼たちは撃ちまくってくるでしょう。捜査員も支援要員も防刃・防弾胴着を着込んでますけど、首から上を狙われたら、一巻の終わりですもんね」

「ああ。銃撃戦になったら、気持ちを引き締めろ。反撃をためらうことはないが、逸《はや》って無防備に突撃したら、頭を狙われるぞ。そんなことになったら、即死だ」

「慎重に動きます」

浜畑が運転に専念した。

レクサスが談合坂サービスエリアに入った。国産高級車は、駐車場のほぼ真ん中に停められた。浜畑がランプウェイに近い場所にレンタカーを停止させた。

捜査班の四台は、別所の車を取り囲んだ。

別所がレクサスを降り、トイレに直行した。

レクサスのそばに停められた『SAT《サット》』の黒いワンボックス・カーから宇佐見が降り、さりげなく別所の車に接近した。レクサスの後方に回り、すぐに彼は屈《かが》み込んだ。電波発信器を装着させたにちがいない。

宇佐見は、素早くワンボックス・カーの中に戻った。

「手馴《てな》れた感じでしたね」

浜畑が言った。感心したような口ぶりだった。

生方は無言でうなずき、捜査班のメンバーに宇佐見がレクサスに電波発信器を取り付けたことを電話で伝え、それぞれに今後の指示を与えた。

携帯電話を折り畳んだとき、露木から電話がかかってきた。生方は経過を報告した。

「そうか。そういうことなら、アジトは突きとめられるな」

「ええ」

「航空隊のヘリをスタンバイさせてる。いつでも飛び立てるから、要請が必要なときは連絡してくれ」

露木が電話を切った。

生方は携帯電話を懐に戻した。そのとき、別所が男子用手洗いから出てきた。レクサスに乗り込み、すぐに発進させた。

『SAT《サット》』のワンボックス・カーがレクサスを最初に追った。浜畑がレンタカーを走らせはじめる。残りの四台がマークXに従う形になった。

サービスエリアから本線に戻ったレクサスはハイウェイを高速で走りはじめた。

それから間もなく、大月JCT《おおつきジャンクション》に差しかかった。左手に進めば、河口湖《かわぐち》ICに達する。レクサスは本線を直進し、そのまま甲府昭和ICを通過した。

生方は宇佐見に電話をして、ワンボックス・カーとポジションを替えた。

別所の車はひた走りに走り、須玉《すだま》ICで佐久《さく》甲州街道に降りた。清里《きよさと》ラインと呼ばれている国道一四一号線だ。道なりに進むと、長野県の佐久市に到達する。

レクサスは清里湖の脇を抜け、高根《たかね》町の外れの林道に入った。清里高原の西側である。

「アジトは近いようだ。ここで車を停めてくれ」

生方は浜畑に命じた。

マークXが停められた。後続のワンボックス・カーと四台のレンタカーが次々に停止する。

「作戦会議だ」

生方は浜畑に言って、先にレンタカーを降りた。

夜気には、若葉の匂いが混じっていた。『SAT』の宇佐見がワンボックス・カーから姿を見せた。三人の隊員を従えていた。道岡たち八人の捜査班の刑事も歩み寄ってくる。

生方は十三人の仲間を林の中に導き、それぞれの役割を決めた。

まず自分と浜畑が偵察に行き、八人の捜査員がアジトを包囲する。その後方で、『SAT』の四人が支援に当たるという作戦だった。

「追って各班に指示を与える」

生方は浜畑と一緒に林道に出た。

二百メートルほど歩くと、右手に大きな建物があった。二階建てで、ペンションのような造りだ。どの窓も電灯で明るかった。

敷地はとてつもなく広い。二千坪以上ありそうだ。柵《さく》が張り巡らされているが、表札は掲《かか》げられていない。

車寄せには、レクサスが見える。そのそばに五台のRV車や乗用車が駐《と》めてあった。

生方は足許の小石を幾つか拾い上げ、敷地の中に投げ込んだ。

警報音は鳴り響かなかった。

「赤外線の防犯センサーは設置されてませんね。防犯カメラも一台も見当たりません」

浜畑が囁《ささや》いた。

「そうだな」

「門も開けっ放しです。建物に接近しても、大丈夫なんじゃないですか？」

「行こう」

生方は姿勢を低くして、門から内庭に足を踏み入れた。

何事も起こらなかった。生方たちは中腰で家屋《かおく》に忍び寄った。敷地内の樹木は多かった。身を隠す場所には困らない。

二人は携帯電話をマナー・モードに切り替え、建物の外壁にへばりついた。

生方は階下の大食堂の窓に顔を寄せた。息を殺す。

奈良昌吾たち九人の男と同数の美女が椅子に坐り、別所の話に聞き入っている。女たちは、姿をくらました高級娼婦たちだろう。

「きみたちは、もっともっと社会に対して憤《いきどお》るべきだ。国家を私物化してる政治家や官僚がいる限り、日本はさらに悪くなる。財界人だって、自分たちの利益しか考えてない拝金主義者ばかりだ」

別所の声が高くなった。奈良が呼応するように、大声で同調した。ほかの男たちは深くうなずいた。

九人の女は、ほとんど反応を示さない。

「女性も怒らなきゃ駄目じゃないか。きみらは人格を無視されてたんだぞ、売春クラブの客たちにね。相手が各界の著名人だからって、卑屈になることはなかったんだよ」

別所が言い諭《さと》した。すると、前列の女が自分の愚かさに気づかされたと謝意を表した。

「二、三十代の連中が奮起しないと、この国はもはや救えない。要領よく富や権力を手に入れてる奴らをやっつけて、社会的弱者たちが主導権を握るんだよ。きみらなら、必ずリーダーになれる。ネットカフェでぼやいてる仲間を力づけて、富裕層から巻き揚げた金を分け与えてやろうじゃないか。きみら九人の男は義賊に徹するべきだね。そして、女性たちはそれぞれのパートナーを官能の世界で寛《くつろ》がせて、大いなる活力を与えてくれ。今夜は、これぐらいにしよう。みんな、部屋に引き取ってもいいぞ。でも、あんまりハッスルして、ベッドを壊さないでくれよな」

別所が際《きわ》どい冗談を口にした。

十八人の男女がにやついて、おのおののパートナーに身を寄り添わせた。九組のカップルは順番に大食堂から出ていった。

残された別所はテーブルにつき、缶ビールを傾けはじめた。菱沼たち四人は、どこにいるのか。

生方たちは一階の各室を窓から覗き込んだ。元自衛官たちの姿はどこにも見当たらなかった。ほかにもアジトがあるのかもしれない。

「敷地内を検《しら》べてみよう」

「はい」

二人は家屋から離れ、広大な敷地の中を歩き回った。自然林を取り込んだあたりに、地下壕《ごう》の入口があった。

ドアは施錠《せじよう》されていない。生方はS＆W37エアウェイトを右手に握り、鉄の扉に耳を押し当てた。物音はしなかった。

「地下壕の中を照らしてくれ」

生方は相棒に言って、鉄扉《てつぴ》を手前に引いた。

浜畑が懐中電灯の光輪《こうりん》を向けた。地下壕の奥の壁には、弾痕だらけの標的紙《ターゲット・ペーパー》が虫ピンで留《と》めてあった。

よく見ると、右手のスチール・ロッカーにロケット・ランチャーが無造作に立てかけられている。LAW80対戦車軽量兵器だった。二基しか置かれていない。残りの三基は、別の場所に保管されているのだろう。

「スチール・ロッカーの中身を確認してきてくれ。おれは、ここでガードする」

生方は言った。

浜畑が短い返事をして、地下壕に入った。スチール・ロッカーの中を検《あらた》め、じきに引き返してきた。

「上段には各種の拳銃、下段には自動小銃と短機関銃が収まってました。多分、『白菊葬儀社』から盗み出された銃器でしょう」

「だろうな。九十四ミリ砲弾は？」

「数弾ありました。朝霞駐屯地から奪われた砲弾にちがいありません」

「そうなんだろう。いったん林道に戻るぞ」

生方は先に地下壕から離れた。数メートル後から、相棒が従《つ》いてくる。

ほどなく二人は林道に出た。

生方は捜査班の各チームと『SAT《サット》』の四人を呼び寄せた。道岡たち八人が建物を包囲し、『SAT』の宇佐見が地下壕の出入口の前に立った。残りの三人は、捜査班の後方に回った。

生方は車寄せに立ち、かたわらの浜畑に合図した。

「警察だ。この建物は完全に包囲した。別所辰巳、奈良昌吾たち九人と新宿の超高級売春クラブで働いてた女性と一緒に外に出てきなさい」

浜畑が拡声器で呼びかけた。二度目のアナウンスが終わると、窓が次々に暗くなった。

別所は、奈良たちフリーターと建物に立て籠《こ》もる気になったようだ。九人の娼婦を人質に取られたら、形勢は悪くなる。

「別所、よく聞いてくれ」

生方は浜畑の手からマイク付きの拡声器を捥《も》ぎ取って、穏やかに声をかけた。一分ほど待ってみたが、なんの応答もなかった。

「いま投降すれば、罪は軽くなる。そのまま立て籠もっても、無駄な抵抗だ。悪あがきはやめて、外に出てきてくれ」

生方は、ふたたび呼びかけてみた。しかし、結果は同じだった。

「強行突入して、負傷者を出したくないんだ。あと五分だけ待つ。それでも降伏しなかったら、強硬手段に出るぞ。いいな！」

生方は宣告した。

その直後、建物の裏で短機関銃の掃射音が聞こえた。低周波の唸《うな》りに似た音だった。イスラエル製のウージーの連射音だった。

複数の銃声が重なった。捜査班と『ＳＡＴ《サット》』のメンバーが反撃しはじめたのだろう。

「そっちはここにいろ」

生方は拡声器を浜畑に返し、家屋の裏側まで走った。

黒いスワット・スーツに身を固めた二人の男が背中合わせに立ち、ウージーを扇撃《ファンニング》ちしていた。捜査班の刑事がニューナンブやS&W37エアウエイトで応戦している。

飛び交う弾丸が闇を貫《つらぬ》く。生方は敵の二人にできるだけ近づき、片方の男の脚《あし》に狙いをつけた。片膝を地に落とした膝撃ち《ニーリング・ポジション》の姿勢だった。

引き金を一気に絞る。手首に反動《キック》が伝わってきた。両腕が跳《は》ね、硝煙が鼻先を掠《かす》める。

標的が横倒れに転がった。被弾したことは明らかだ。

もうひとりの男が驚いて、体を反転させた。

「雑賀、大丈夫か？」

「逃げろ！　おまえは逃げるんだ。長友、早く雑木林に逃げ込め」

「おまえを置き去りになんかできるかよ。こうなったら、お巡りどもを皆殺しにしてやる！」

長友と呼ばれた男がサブマシンガンを腰撓《だ》めに構え直し、連射しはじめた。

『SAT《サット》』のメンバーが、すかさず自動小銃で長友を撃ち倒した。首を撃たれた長友は仰向けに倒れたきり、微動だにしない。

「くそーっ」

雑賀が這《は》い進んで、落としたウージーに手を伸ばした。

生方は駆け寄って、雑賀の右腕を踏みつけた。雑賀が呻き、生方を睨《ね》めつけた。殺意と憎悪を宿した目だった。長友を撃った宇佐見の部下が走り寄ってきた。彼は長友の右手首を取って、溜息混じりに告げた。

「脈動がありません。わたし、右の肩を狙ったんですが……」

「仕方がないさ。正当防衛だよ。あんまり落ち込むな」

生方は相手に言って、雑賀の上体を摑み起こした。

ウージーを遠くに蹴ったとき、建物の中で爆発音が轟《とどろ》いた。三度だった。爆風を受け、生方はよろけた。足許も揺れた。

「みんな、柵まで後退するんだ。それから、一一九番通報してくれ」

生方は大声で叫び、雑賀を家屋からできるだけ引き離した。

その直後、耳をつんざくような爆発音がした。建物全体が爆《は》ぜ、瞬《また》く間に炎に包まれた。

「家の中にいる者を早く救《たす》け出してやってくれ」

生方は宇佐見の部下に言って、リボルバーの銃口を雑賀の側頭部に突きつけた。

「おまえが陸自の元レンジャー部隊員だってことはわかってる。『東日本労働者ユニオン』の元事務局長に頼まれて、元教官の菱沼は助教だった郷原、教え子の長友とおまえの三人に朝霞駐屯地からＬＡＷ80を強奪させ、『白菊葬儀社』の倉庫から三十二梃の銃器を盗ませたんだなっ」

「おれの仲間はどうなったんだ？　長友は死んでしまったのか？」

「ああ、もう生きちゃいない」

「くそーっ。長友をシュートした奴の名前を教えてくれ！　おれが必ずぶっ殺してやる」

「返事をはぐらかす気なら、おまえを撃ち殺すぞ。銃撃戦があったわけだから、過剰防衛ってことにはならないはずだからな」

「本気なのか!?」

「もちろんだ」

「なんてこった。ツイてねえや。別所さんは、菱沼教官の高校時代の先輩らしいんだ。だから、協力せざるを得なかったみたいだな」

「おまえら三人はネットカフェを塒《ねぐら》にしてた奈良たち九人のフリーターを自己啓発セミナーとやらに誘い込み、新宿の高級娼婦を破格の報酬で釣って、彼らのセックス・パートナーにしたんだな。そして奈良たちを『羊の群れ』のメンバーに仕立てて、角紅商事本社ビルにロケット弾を撃ち込ませ、三十億の現金を脅し取った。その前に九人の高級娼婦を買った有名人たちから約四十六億円の口留め料をせしめてるはずだ」

「そうなのかよ？　おれたち三人は、そういうことは知らないんだ。奈良たちに兵器や銃器の扱いを教えて、ちょっとバックアップしてやっただけだからな」

雑賀が言った。

生方はしゃがむなり、雑賀の右腕を撃ち抜いた。二の腕のあたりだった。放った弾は貫通した。雑賀が歯を剝《む》いて、長く唸った。生方は、雑賀の脇腹を蹴った。雑賀が体を丸めて、ひとしきり呻いた。生方は一歩退《さ》がった。

「お巡りがこんなことをしてもいいのかよ?」

雑賀が喚《わめ》いた。

「暴発だよ」

「ふざけんな! リボルバーが暴発するかよっ。わざと引き金《トリガー》を絞りやがったくせに」

「素直にならなきゃ、次は頭を吹っ飛ばすぞ!」

生方は目に凄《すご》みを溜め、声を張った。

「くそっ、あんたが言った通りだよ」

「宮内という元刑事を射殺したのは、元助教の郷原なんだな?」

「そうだよ。菱沼教官と別所さんに頼まれたとか言ってたが、おれと長友は詳しいことは教えてもらえなかったんだ」

「角紅商事のシステムに侵入し、不正の証拠を握ったハッカーは誰なんだっ」

「〝バロン〟とかいう天才ハッカーらしいんだが、おれはそいつの正体を知らないんだ。けど、大物みたいだよ。別所さんや菱沼教官は、〝バロン〟に一目置いてる感じだったからな」

「そのハッカーが黒幕ってわけか」

「そうなんだろうな」

雑賀がふたたび唸って、地べたに寝転がった。銃創《じゅうそう》の痛みに耐えられなくなったのだろう。

生方は燃える建物を見た。

人影は一つも見えない。別所と十八人の男女は焼け死んでしまったのか。

屋根が焼け落ちたとき、上空から小さなモーター音が響いてきた。プロペラ音だ。

生方は夜空を仰《あお》いだ。

パラ・プレーンが舞い降りてくる。パラシュートとエンジンを組み合わせた軽便飛行遊具だ。ひとり乗りだが、高度六百メートルまで上昇できる。数十キロの連続飛行が可能なはずだ。

生方は闇を透かして見た。

パラ・プレーンを操作しているのは、郷原だった。生方は拳銃を両手保持で構えた。息を止める。引き金の遊びをゆっくりと絞った。パラ・プレーンがぐんぐん高度を下げはじめた。

生方と雑賀のいる場所の頭上に差しかかると、郷原は果実のような塊《かたまり》を投下した。それは手榴弾《しゅりゅうだん》だった。

手榴弾は生方と雑賀の間に落ちて、数メートル転がった。

心臓がすぼまった。死の予感も生まれた。くたばりたくない。

生方は横に走った。

肩から転がったとき、炸裂音《さくれつおん》が耳を撲《う》った。一瞬、聴覚を失った。目も霞んだ。

赤っぽい閃光《せんこう》が駆け、雑賀の体が舞い上がった。宙で、手脚《てあし》が捥《も》げた。

生方は跳《は》ね起き、ハンドガンを両手で支えた。

だが、遅かった。パラ・プレーンは早くも高度を上げ、闇夜に吸い込まれかけていた。

消防車が続々と到着し、すぐさま放水がはじまった。

鎮火すると、生方は真っ先に焼け跡に足を踏み入れた。焼死体はどこにも転がっていないようだ。肉の焦げた臭《にお》いも漂ってこない。

（どこかに地下トンネルがあるんだな）

生方は地下のワイン貯蔵室に潜《もぐ》り込んだ。

奥のドアの向こうには、トンネルがあった。

生方はペンライトで足許を照らしながら、奥に進んだ。百数十メートル先で行き止まりになっていた。鉄梯子《てつばしご》があり、鉄製のハッチが見える。

生方は鉄梯子を昇り、ハッチを押し開けた。

雑木林の中だった。闇が深い。ハッチの周辺には、無数の足跡が彫《ほ》り込まれていた。

(連中はここから脱出したんだな。まだ遠くまでは逃げてないはずだ。山梨県警に協力してもらって、山狩りをしよう)

生方は鉄梯子から飛び降り、トンネルの中を走りだした。

2

投光器が照らされた。

強烈な光だった。眩《まぶ》しい。

生方は額に小手《こて》を翳《かざ》し、あたり一面に飛び散った雑賀の肉片と脳漿《のうしよう》を見た。血臭《けつしゆう》が濃い。むせそうだった。

鑑識係官が無表情で死体の写真を撮《と》りはじめた。山梨県警本部から臨場した初老の検視官が短く合掌し、四肢《しし》のない胴体を仔細《しさい》に観察しだした。

現場には、生方たちコンビと長友を撃った『SAT《サット》』の隊員の三人しか残っていなかった。捜査班の八人と宇佐見たち三人は、山梨県警の捜査員たちと逃げた別所たちを追跡中だった。

八ヶ岳連峰の周囲には非常線が張り巡らされた。県道や市道には、無数の検問所が設けられた。頭の上では警視庁航空隊と山梨県警のヘリコプターが十機も舞っている。その外側を新聞社やテレビ局のヘリコプターが飛んでいた。

「こんなひどい遺体《ロク》を見たのは初めてだな」

検視官はそう言い、長友の死体が転がっている場所に歩を運んだ。

「パラ・プレーンを操ってた仲間が手榴弾を落としたんですね？」

山梨県警機動捜査隊初動班の班長が生方に話しかけてきた。望月《もちづき》という姓で、四十六、七だった。

生方は全面的に事情聴取に協力した。雑賀に二発撃ち込んだことも隠さなかった。

「奥に転がってる長友という男を撃ったのは、『SAT《サット》』の隊員の方なんですね？」

「そうです。湯川克博《ゆかわかつひろ》警部です。彼は長友の遺体のそばにいるはずです」

「後で湯川さんからも事情聴取させてもらいます」

「望月さん、この土地と家屋の所有者は？」

「寺町望《のぞむ》、七十八歳です。寺町さんは三年前まで、ここでペンションを経営してたんですよ。ですけど、アルツハイマー型認知症になってしまい、いまは介護付きの老人ホームで暮らしてるんです。寺町さんは三十代のころに離婚して以来、ずっと独身なんですよ」

「ひょっとしたら、その方は『青狼同盟』の幹部だった寺町数馬の血縁者なんじゃありませんか？」

「ええ、そうです。寺町望さんは、指名手配中の寺町数馬の伯父です。実弟の息子が数馬なんですよ」

「そうすると、寺町数馬は当然、伯父が以前にペンション経営をしてたことは知ってたわけですね？」

「と思いますよ。寺町望は、十数年前にペンションを開業したんですから。でも、あまり商売っ気はなかったんで、流行《はや》ってはなかったようでしたがね」

「伯父が認知症になってから、寺町数馬がここに潜伏してた可能性はあります？」

「それはないと思いますよ。公安調査庁の調査員がちょくちょくここに立ち寄ってましたんでね」

「警視庁公安一課の刑事が元ペンションを訪れたことは？」

「なかったんじゃないのかな。指名手配中の殺人犯だって、間抜けじゃありません。親類宅に隠れてたら、いずれ捕まることは予想できるでしょ?」

「ま、そうですね」

「『青狼同盟』の元幹部が一連の事件に関与してるんですか?」

望月が関心を示した。生方は努めて平静に言い繕《つくろ》った。

「そういうわけではないんですが、寺町数馬が指名手配中だってことを憶《おぼ》えてたもんですから」

「そうですか」

「この建物に逃げた連中が一ヵ月ほど前から住みついてたと思うんですが、所轄署はそのことを把握してたんでしょうか?」

「多分、知らなかったと思うな。ここは人里から離れてますし、大型発電機と井戸水を汲《く》み上げるポンプもありますからね」

「それでも、食料は必要でしょう」

「怪しげなセミナーを受講してた連中が県内の大型スーパーで食材や調味料なんかをまとめ買いして、九人の女に料理をさせてたんでしょう」

「消防署の検証は少し前に終わったようですね?」

「ええ、終わりました。調理台には黒焦《こ》げになった鍋や庖丁があったという話でしたから、合宿生活をしてたことは間違いありません」

「そうなんでしょうね。ところで、寺町望が入ってる介護付きの老人ホームの所在地を教えてもらえますか？」

「やっぱり、寺町数馬は一連の事件に関わりがあるんだな。生方さん、手の内を見せてくださいよ。山梨《うち》県警は八百人もの警察官を動員して、警視庁に協力してるんですから。神奈川県警みたいにライバル意識は持ってませんよ、われわれは警視庁にね」

望月が不満顔で言った。

「それはよくわかってますが、警視庁の幹部が寺町数馬の逃亡を手助けした疑いもあるんですよ」

「そりゃ大事《おおごと》だ。それが事実なら、警視庁のスキャンダルだな」

「そんなわけですので、外部には知られたくないんですよ。どうか惻隠《そくいん》の情《じょう》をおかけください」

「わかりました。そういうご事情があるんでしたら、深くは立ち入らないことにします。寺町望は甲斐《かい》市内の『清風園』という介護付き老人ホームにいますよ、敷島《しきしま》町二丁目だったと思うな」

「ありがとうございます。長友の検視がはじまったようですね」

生方は先に歩きだした。望月が追ってくる。

検視官は屈《かが》み込み、長友の死体を眺めていた。その近くに『SAT《サット》』の湯川隊員が神妙な顔つきで立っている。

「あの彼が長友をシュートしたんですね？」

望月が湯川隊員に近寄り、事情聴取を開始した。

「ライフル弾は左頸部《ひだりけいぶ》から入って、脳幹を直撃してるね。即死だったんだろうな」

検視官が生方に告げた。

「そうですか。長友の所持品を検《しら》べさせてもらってもかまいませんか？」

「もう体温を測《はか》ったから、別に問題はないでしょう」

「それでは、ちょっと……」

生方は両手に布手袋を嵌《は》め、遺体のそばにしゃがんだ。ポケットをことごとく探ったが、身分を証明する物は何も所持していなかった。携帯電話も持っていない。

(元レンジャー隊員は、さすが用心深いな)

生方は検視官に礼を言って、ゆっくりと立ち上がった。鑑識係官が遺体に青いシートを被《かぶ》せた。

「わたしは車寄せにいますから」

生方は望月に声をかけ、全焼した建物の前に回り込んだ。

すぐに相棒の浜畑が近づいてきた。

「レクサスの車内には車検証があっただけで、別所の私物は何も見つかりませんでした」

「そうか。ほかの五台もチェックしてくれたな？」

「ええ。五台とも盗難車でした。ナンバー照会したんですよ」

「抜け目のない敵だ。浜畑、面白いことがわかったぞ。この土地の所有者は、指名手配中の寺町数馬の伯父だったんだ」

生方は、望月から得た情報をそのまま伝えた。

「『青狼同盟』の元幹部は、別所辰巳と交友があったのかもしれないですね。それで、寺町は伯父の元ペンションを犯人グループのアジトとして提供してた。過激派セクトの幹部だった寺町数馬とレンジャー部隊の元教官の菱沼は接点がなさそうですから」

「寺町と別所は反体制という共通項があるが、交友があったんだろうか。おれは、別所の背後にいる謎の黒幕と寺町数馬がつながってるんじゃないかと思ってるんだ」

「そうですか。寺町を逮捕直前に逃がしてやったと思われる人物が首謀者なんですかね？最も疑わしいのは元公安一課長で、いま現在は警察庁の交通局長を務めてる染谷弘行警視監ってことになるな」

「寺町数馬と司法取引したのは、染谷交通局長と考えてもよさそうだ。しかし、局長まで昇りつめた警察官僚《キャリア》が二度も危ない橋を渡る気になるだろうか。キャリアの多くは出世欲が強いが、根は臆病《おくびょう》なんじゃないのかな？」

「ええ、そうですね。エリートたちは保身本能が強いからな。公安一課のノンキャリア刑事が別所や菱沼たちを操ってたんでしょうか？」

「一介の公安刑事には、それだけの力はないだろう。六年前、公安一課にいたキャリアは染谷だけだったよな？」

「はい、そうです。部下は全員、ノンキャリアだったはずですよ。生方さんは、公安関係の警察官僚がビッグ・ボスとお考えなんですね。あっ、公安三課の課長はキャリアですよ」

「公安三課は右翼団体を捜査対象にしてるわけだから、過激派セクトの幹部だった寺町とは接点がないだろう？」

「あっ、そうか。でも、公安三課は六年前に殺された利権右翼と民族派の論客の存在が目《め》障《ざわ》りだと感じてたのかもしれませんよ。二人の被害者は、もっと行動右翼が増えることを望んでると公言してましたからね」

「だからといって、公安三課のキャリア課長が寺町を使って、利権右翼と民族派の論客を殺《や》らせるなんてことは考えられない。公安刑事の大部分は極左《きょくさ》の連中を忌《い》み嫌ってるし、右寄りの傾向があるんだ」

「ええ、そうですね。公安三課の課長が『青狼同盟』の幹部と何か裏取引をした可能性はなさそうだな」

「染谷警視監が公安一課の課長時代に寺町数馬と司法取引じみたことをしてたとしたら、信頼のできる人間に殺人犯を逃亡させたにちがいない。多分、公安関係者ではない奴にな」

「そうでしょうね。自分の部下を使ったら、怪しまれますから」

「染谷局長は何か同好会に入ってるのかな？」

「個人的に句会を開いてるって噂は聞いたことがあります」

浜畑が言った。

「俳句をたしなむような風流人には見えないがな」

「ええ、堅物の国家公務員ってイメージですからね」

「染谷局長は俳誌の主幹でもやってるんだろうか」

「そこまで本格的ではないんでしょう。親しい警察関係者を集めて、句会の真似事《まねごと》をしてるんだと思いますよ」

「そんな社交的な面があったとは驚きだな。染谷局長はいかにも人づき合いが苦手そうに見えるじゃないか」

「そうですね。本庁勤めのころは、いつも他人を寄せつけないような表情をしてたな。でも、自分と同じ私大出身の有資格者《キャリア》には友好的でしたよ」

「そうか。なら、染谷警視監はそういう連中と親睦を図りたくて、句会を催《もよお》してたのかもしれないな」

「句会の常連出席者を探り出して、染谷局長が最も目をかけてた人物を少しマークしてみますか？」

「そうしよう」

「染谷局長の片腕みたいな人物が寺町の逃亡の手助けをしたのかもしれませんが、そいつが別所や菱沼たちを背後で動かしてるとは思えないな。寺町には貸しがあるようだから、彼の伯父の不動産をアジトに使わせろと迫《せま》ることはわかります。しかし、別所たちが踏んだ犯行《ヤマ》は主に恐喝です。『羊の群れ』の犯行に見せかけて、世直しのテロ事件を装ってますが、狙いは金でしょ？」

「そう思ってもいいだろう」

「染谷局長が目をかけてる相手なら、警察の中でもそこそこ出世してる人間だと思うんですよ」

「だろうな」

「そういう将来性のある者が別所や菱沼たちを操って、高級娼婦と遊んだ有名人を強請《ゆす》ったり、角紅商事から巨額を脅し取りますかね？　やってることがヤー公みたいでしょ？」

「そいつは、もう出世する見込みはないとこれまでの人生に見切りをつけて、悪党に徹する気になったのかもしれない。今後どう生きようと考えてるのかわからないが、何十億円もあれば、何かと心強いじゃないか」

「そうなんですが……」

「現代人は誰もストレスと闘いながら、懸命に自分を奮《ふる》い立たせてる。ストレスに耐えられなくなって、心が折れてしまう者も少なくない」

「何かと生きにくい時代ですからね」

「ああ。しかし、働かなくても死ぬまで贅沢《ぜいたく》な生活ができるだけの金があれば、あらゆる煩《わずら》わしさから解き放たれる。それこそ、バラ色の人生じゃないか」

「リッチな暮らしは、じきに飽《あ》きちゃうでしょ？」

「それでも、金は邪魔にはならない」

「染谷警視監の側近みたいな人間は殺人犯の寺町数馬を逃亡させたか、どこかに匿《かくま》ったことを誰かに知られてしまったんじゃないんですかね？」

「浜畑、いいとこに気づいてくれた。五年前に無灯火の車に轢き殺された塙達朗は当時の課長が寺町数馬と司法取引したのではないかと疑いを持ったんじゃないだろうか」

生方は推測を語った。殺された宮内が語っていた二つの未解決事件とは、寺町の殺人事件と塙の轢き逃げ事件のことだったのだろう。そう考えれば、宮内が命を狙われた理由の説明がつく。だが、まだ確証を得たわけではない。

「寺町が逮捕直前に逃げたことと後日、『青狼同盟』が壊滅状態に追い込まれた事実から、上司が指名手配犯と裏取引したのではないかと怪しみはじめたわけですね？」

「そうなんだろう。死んだ塙は上司の染谷をマークしはじめたが、潜伏中の殺人犯と接触することはなかった。その代わり、彼は染谷が目をかけていた人物が寺町数馬と接触した事実を知ったんじゃないのかな？」

「塙さんは、そのことを何らかの形で告発する気になった。だけど、その前に何者かに始末されてしまった。生方さん、そういう読み筋なんですね？」

「そうだ。司法取引のことが発覚しそうになったからって、染谷自身が塙刑事を轢き殺したとは思えない。塙を葬《ほうむ》ったのは、染谷の側近的な人物なんだろう。もしかしたら、そいつが寺町に塙を殺《や》らせたのかもしれないな」

「後者だとしたら、もう寺町は死んでるわけだな」

「いや、寺町はまだ始末されてないだろう。犯人グループは、寺町の伯父の所有してる廃業ペンションをアジトにしてたわけだからな。謎の黒幕は、まだ寺町には利用価値があると考えてるんだろう」

「そうなんでしょうか。その首謀者は塙の事件に関与してることが発覚しそうだという予感を覚えたんで、人生コースを大きく変える気になった。それで別所や菱沼たちを抱き込んで、企業恐喝を働いたんですかね？」

「おれの読み筋は、それほど外れてないと思うよ。顔の見えない首謀者は、塙と警察学校で同期だった宮内一樹を郷原に射殺させた。そのことがバレそうになったんで、人生計画を頓挫《とんざ》させた別所や菱沼たちと共謀して、大がかりな企業恐喝で巨額をせしめる気になったんだろう」

「それで、天才的なハッカーの〝バロン〟に巨大商社のシステムに侵入させて、大口脱税や贈賄の動かぬ証拠を押さえさせたんですね？」

「多分、そうなんだろう。全経連本部にロケット弾を奈良昌吾たちに撃ち込ませたり、都内の全地下鉄と東海道・山陽新幹線の運行を阻《はば》んだのはカモフラージュだったにちがいない。犯人グループは、今後も一流企業から銭を脅し取るつもりなんだと思う」

「〝バロン〟の正体を突きとめられれば、首謀者の顔が透けてくるんでしょうが、数々の伝説に彩《いろど》られた天才ハッカーを割り出す手立てはありません」

「そうだな。朝になったら、寺町の伯父がいる介護付き老人ホームに行ってみよう」

「寺町の伯父さんが重度の認知症なら、甥のことは思い出せないでしょうね。おそらく寺町数馬の生存すら、わからないだろうな。ましてや潜伏先なんか、とても……」

「山狩りで別所辰巳を生け捕りにできなかったら、ビッグ・ボスにたどり着く術《すべ》はそれしかないんだ。期待はできないが、寺町の伯父に会ってみよう」

「そうしますか」

浜畑が同意した。

それから間もなく、生方の懐で携帯電話が打ち震えた。発信者は『SAT《サット》』の宇佐見だった。

「別所たちの身柄《ガラ》を確保できたんだな？」

生方は先に口を切った。

「残念ながら、まだ別所の行方はわかりません。それから、九人の娼婦たちもね。ただ、奈良昌吾たち九人のフリーターの射殺体が大泉村の廃校になった分教場の校庭で見つかりました」

「なんだって⁉」

「奈良たちはマシンガンで不意に背後から掃射されたようで、折り重なって倒れてました。射殺犯は、菱沼と郷原なんでしょうね。別所と九人の女は菱沼の道案内で、どこか周辺の山小屋か廃屋に身を潜めてると思われます」

「分教場の近くに川があるか？」

「ありますね、崖下《がけした》に」

「どのくらいの川幅がある？」

「二十四、五メートルでしょうか」

「犯人グループは夜陰《やいん》に乗《じょう》じて、ゴム・ボートで川を下ったのかもしれない。上空にはヘリが何機も旋回してるから、パラ・プレーンやハングライダーで脱出することは不可能だ」

「ええ、そうですね。本庁《うち》と山梨県警の航空隊に連絡して、県内の河川をすべてチェックしてもらいます」

「そうしてくれ。捜査本部の捜査班の八人は、分教場にいるのか？」

「はい」

「わかった。行ってみるよ」

「お願いします」

電話が切られた。

生方は浜畑に経過を手短に話した。

「その分教場に向かいましょう」

「そっちは、ここにいてくれ。おれひとりで行く。所轄の人間に道案内してもらうよ」

「わかりました。それでは、自分はこの現場に残ります」

浜畑が敬礼した。生方は覆面パトカーに駆け寄った。

3

狭い校庭は血の海だった。

分教場だ。雑草だらけの校庭は血糊《ちのり》で濡れている。

九つの遺体も血みどろだった。それぞれ数発ずつ被弾している。頭が半分欠《か》けた死体も幾つかあった。痛ましい光景だった。

生方は目を背《そむ》けたくなった。

奈良昌吾は右端に転がっていた。頭部と背中を撃たれ、銃創は血糊で赤い。両眼は虚空《こくう》を睨んでいる。いかにも恨めしげだった。

さきほど犯人グループのアジトで顔を合わせた検視官が、遺体を一つひとつ覗き込んでいた。鑑識係員たちは薬莢を拾い集め、足跡を採《と》っている。

『SAT《サット》』の宇佐見が歩み寄ってきた。

「奈良たち九人の身許は判明しました。全員が運転免許証を持ってましたんでね」

「免許証は山梨県警の初動班がすでに回収したんだな？」

「はい。しかし、被害者の氏名、現住所、本籍地はメモしてあります」

「見せてくれ」

生方は宇佐見から紙片を受け取り、目で文字を追った。

射殺された九人は、歌舞伎町のネットカフェを塒《ねぐら》にしていたフリーターだった。

「どの被害者《ガイシャ》も携帯は持ってませんでした。撃たれた後、犯人たちに抜き取られたんだと思います」

「そうなんだろう。携帯が警察の手に渡ったら、登録番号や通話記録から犯人グループの主要メンバーが割り出されてしまうからな。現金も抜かれてたのか？」

「こちらの初動班の方の話によると、それぞれが十万円前後の現金をポケットに捩《ね》じ込んであったそうです。ただ、預金通帳やキャッシュカードの類《たぐい》は誰も持ってないという話でした」

「そう」

「さっき部下の湯川から連絡があって、山梨県警の初動班はすんなりと発砲の正当性を認めてくれたそうです。ただ、湯川は長友を殺してしまったことで悩んでるようでした。狙いを外してしまったことで自分を責めてるんでしょう」

「たとえ犯罪者であっても、人間をひとり死なせてしまったわけだから、平静ではいられないだろうな。しかし、狙いが狂うことだってあるさ。射撃の名手でも、機械じゃないんだから」

「ええ、そうですよね」

「そのことを湯川に言ってやれば、少しは気持ちが楽になるんじゃないのかな？」

「そうですね。それから捜査本部の露木さんの要請で、うちの支援隊員を十五人増やすことになりました」

「そうか。それで、別所たちを生け捕りにできそうなのかな？」

「山梨県警の連中は自信ありげでしたが、わたし個人は楽観的な見方はしてません。別所の仲間には、陸自のレンジャー部隊の教官と助教だった奴がいますんでね」

「おれも甘い見方はしてないんだ。別所はともかく、菱沼と郷原はうんざりするほど軍事訓練を受けてるだろうから、サバイバルのプロとも言える。崖をよじ登ったり、激流を渡ったりすることはたやすいはずだ」

「ええ、そうでしょうね。ですが、別所と九人の女はそんなことはできないでしょ？」

「そうだな。おそらく別所と女たちは、別の隠れ家に身を潜めるつもりなんだろう。菱沼と郷原は、ひとまず捜査網の外に逃げる。そういう段取りなんじゃないだろうか」

「そうなんでしょうか。山梨県警と警視庁の航空隊が県内の河川をチェックしてるんですが、不審なゴム・ボートやカヌーはまったく見当たらないというんですよ。菱沼と郷原はエア・ボンベを背負って、潜水したまま川を下ってるんでしょうか？」

「そういう可能性もありそうだな。山狩りをしてる連中は、まだパラ・プレーンを発見してないのか？」

「はい。夜が明ければ、見つけることができるんでしょうが、ヘッドランプと大型懐中電灯の光だけでは繁みの奥までは見通せませんので」

「そうだな」

「まだ午前三時を回ったばかりですから、空が明るみはじめるのは一時間半ほど後でしょう。そうなれば、何か進展があると思います」

宇佐見が言って、朽《く》ちかけた校舎に足を向けた。

検視官と話し込んでいた山梨県警の初動班の望月が足早に近づいてきた。

「大量殺人の現場を見たのは、初めてのことですよ。アメリカのギャング映画を観《み》てるようで、およそ現実感がありません」

「こちらも同じです。凶器は短機関銃なんでしょ？」

「そうみたいですよ。捜査員の中に銃器にやたら精《くわ》しい男がいるんです。ライフル・マークを検《しら》べる前ですから、断定はできませんが、凶器はヘッケラー＆コックＭＰ５Ｋとベレッタ M12らしいんですよ」

「ドイツ製とイタリア製の短機関銃だな。ＭＰ５Ｋは全長三十二、三センチで、欧米では要人警護に使われてるはずです」

「そうらしいんですよ。生方さんも銃器マニアなんですね。イタリア製のベレッタM12はストック部分が折り畳み式になってて、二十、三十、四十発入りの弾倉《マガジン》のどれも使えるようです」

「サブマシンガンの掃射音を聞いた者はいるんですか？」

「いません。十数年前まで分教場を七、八百メートル下った所に小さな集落があったんですが、いまは廃墟《はいきょ》になってるんです。そんなことで、分教場は閉鎖されたんですよ」

「そうですか」

「足跡から射殺犯は二人組と判明しました。車のタイヤ痕は分教場周辺には見当たらないんで、犯人たちは徒歩で九人の被害者を校庭に誘い込み、短機関銃をぶっ放したんでしょう。そして、走って逃げたようです」

「そうなんだろうな」

「犯人のどちらかに土地鑑があったんでしょうね。ここに分教場があることを知ってたわけですから」

「かもしれませんね」

生方は返事をぼかした。防衛省情報本部から捜査本部に寄せられた情報によると、菱沼や郷原には山梨県とは何もつながりがない。別所、雑賀、長友も同じだ。

ここに分教場があることを知っていたのは、指名手配中の寺町数馬だけと思われる。捜査資料によると、寺町の生家は都内にある。

しかし、かつて伯父のペンションに幾度か遊びに訪れたことがあるのだろう。そのときにでも、このあたりまで散歩したことがあるのではないか。あるいは、実行犯たちは偶然にこの分教場を見つけたのかもしれない。

推測通りなら、寺町は犯人グループの誰かと通じているのだろう。別所、菱沼、郷原とはダイレクトな接点はない。寺町は、まだ正体のわからない首謀者に分教場のことを教えたのではないか。

「夜が明けたら、逃亡してる連中はどこかで捕まるでしょう。九人の亡骸《なきがら》はいったん所轄署に運んで、正午前には県内の医大の法医学教室で司法解剖されることになるでしょう。もちろん解剖所見が出ましたら、新宿署の捜査本部に情報を流します」

「よろしくお願いします」

「それにしても、血腥《ちなまぐさ》いですね。きょうは、なんか朝飯を喰う気になれません。余計な話ですがね」

望月がそう言い、検視官のいる場所に戻った。

生方は部下の道岡に歩み寄った。捜査班の七人は、いまも山狩りをしている。

「奈良昌吾たちは、ばかですよ。別所辰巳の口車に乗せられて、汚れ役を演じ、結局は殺される破目になってしまったわけですからね」

道岡が言った。

「その通りなんだが、定職も住まいもなけりゃ、おいしい話には引っかかっちゃうんじゃないのか。それにセクシーな美女たちが夜ごとベッドで性的な奉仕をしてくれてたんだろうから、善悪の判断も鈍《にぶ》るだろう。鈍るというよりも、どうでもいいやって気持ちになってしまったんだろうな」

「そうなんでしょうね。奈良たちは自己啓発セミナーで別所にいろいろ暗示をかけられて、社会的弱者が反乱を起こさなければと考えるようになったんでしょうが、どこまで本気だったんですかね？」

「最初は本気だったんだろうな。しかし、そのうちに破壊やテロ行為に快感を覚えるようになって、後はゲーム感覚でアナーキーな犯罪を重ねたんじゃないのかな？　もちろん分け前や高級娼婦たちの色香に引きずられて、奈良たち九人のフリーターは別所たちに協力したんだろう」

「そうなのかもしれませんが、警戒心が足りないな。うまい話には、たいがい落とし穴があるのにな。そのうち、別所たちに始末されるかもしれないとは考えなかったんでしょうか？」

「甘い生活にどっぷり浸《ひた》ってたんで、九人ともつい無防備になってしまったんだろうな」

「多分、そうなんでしょうね」

「九人とも、ある意味では生き方が無器用だったんだよ」

生方は上着のポケットから煙草のパッケージとライターを取り出し、キャビンをくわえた。

山梨県警の捜査員たちが一体ずつ被害者を遺体袋に収容しはじめた。九つの遺体は、分教場の前に駐《と》められた警察車輛に搬入された。

「山梨県警は、この分教場を山狩り班の中継場所にすることに決めたそうです」

道岡が報告した。

「それじゃ、そっちは『SAT《サット》』の宇佐見警部と一緒に山狩りに出てる連中をここで待ってくれ」

「わかりました」

「おれはもう少し様子を見たら、第一現場に戻る。陽《ひ》が昇ったら、焼け跡を隅々《すみずみ》まで見たいんでな」

「燃え残った物の中に何か手がかりがあるといいですね」

「そうだな」

生方は短くなった煙草を足許に落とし、火を踏み消した。相棒の浜畑刑事から電話連絡があったのは、その直後だった。

「犯人グループに虚《きょ》を衝《つ》かれました。逃げた高級娼婦たちは、地下トンネルの出口の近くにひと塊《かたまり》になって隠れてたんです」

「えっ!?　九人ともか？」

「そうです。女たちは別所に言われて、ここに戻ったようです。別所と菱沼は奈良たち九人の男を連れて、どこかに消えたと供述してます。フリーターたちを廃校になった小学校の分教場に誘い込んで射殺してから、別所たちは非常線を突破する気になったんでしょう」

「そうなんだろうな。郷原はどこかで別所や菱沼と合流したはずなんだが、その場所はわかったのか？」

「女たちは、そこまでは知らないと口を揃えてました。別所は、彼女たちに一両日中には必ず迎えに来るからと言ってたそうです」

「そうか」

「彼女たちはそれぞれ五千万円の報酬を貰う約束で、奈良たち九人のフリーターのセックス・ペットを務《つと》めてたことを認めてます。パートナーは日替わりで替わってたようです。九人の女は、別所から渡された前金の一千万円を大事そうに抱えてましたよ」

「建物を爆破させたのは、菱沼なんだな？」

「ええ、そう言ってました。菱沼はプラスチック爆弾を四カ所に仕掛けて、地下トンネルを脱出した直後にリモコンのスイッチを押したそうです」

「そうか。すぐそっちに戻る」

生方は通話を切り上げ、道岡に浜畑の話を伝えた。

「娼婦たちの身柄を押さえたんなら、捜査は大詰めを迎えそうだな」

「いまの話を宇佐見警部に伝えてくれ」

「了解しました」

道岡が声に力を漲《みなぎ》らせた。

生方は分教場を走り出て、捜査車輛に乗り込んだ。数十分で、第一現場に着いた。九人の娼婦は、山梨県警のマイクロバスの中にいた。全員、疲れ切った様子だ。

車内には、『SAT《サット》』の湯川と浜畑刑事もいた。生方はマイクロバスに乗り込み、九人の女たちの顔を見た。俠友会羽柴組から手に入れたエスコート・ガールのリストに貼付《ちょうふ》されていた顔写真の主が揃っていた。

生方は通路に立ち、身分を明かした。九人の女は、ほとんど反応を示さなかった。

生方は事情聴取に取りかかった。

その結果、多くのことが判明した。九人の娼婦たちに好条件な裏仕事を持ちかけたのは、やはり別所辰巳だった。奈良たち九人のフリーターを誘い込んだのは、郷原、雑賀、長友の三人だという。レンジャー部隊の元教官の菱沼は奈良たち九人に軍事訓練をさせて、地下壕で各種の銃器を試《ため》し撃ちさせていたらしい。

郷原たち三人の元自衛官は、食料や日用雑貨品の買い出しを受け持っていたという話だった。炊事と家事は九人の娼婦が輪番制《りんばんせい》でこなしていたそうだ。

別所は毎日、フリーターの男と九人の高級娼婦を大食堂に集め、二時間ほど社会の矛盾を熱っぽく語って、社会的弱者やアウトサイダーが世直しする必要があると説《と》いたらしい。そして、奈良たち九人のフリーターに『羊の群れ』を結成させたという。

ネットカフェ難民たちには毎月、三百万円の給料が支払われることになっていたらしい。しかし、奈良たちは実際には十数万円の〝活動費〟しか受け取っていなかったようだ。

菱沼、郷原、雑賀、長友の四人はアジトには寝泊まりしていなかったそうだ。別のアジトから通っていたのだろう。その隠れ家を知る者はいなかった。

別所はダミーの首謀者で、一連の犯罪の命令は〝バロン〟という謎の人物がすべて下している様子だったらしい。寺町数馬がアジトに姿を見せたことは一度もないという。

事情聴取が終わったのは、東の空が明るみはじめたころだった。

山梨県警の初動班の面々が九人の身柄を引き取ることになった。彼女たちは単に保護されるのではなく、売春防止法違反容疑で厳しく取り調べられることになるだろう。

マイクロバスが走り去っても、生方、浜畑、湯川の三人は犯人グループのアジトに留《とど》まった。地元署の制服警官も二十人ほど第一現場に残った。逃げた別所たちがアジトに舞い戻る可能性もあったからだ。

陽《ひ》が高くなったが、別所たち三人の行方はわからなかった。生方は十時になったとき、単身でギャランに乗り込んだ。寺町数馬の伯父に会ってみる気になったのである。

佐久甲州街道に出て、須玉ＩＣから中央自動車道の上り車線に入る。甲斐《かい》昭和ＩＣで一般道路に降り、敷島町をめざした。

目的の『清風園』に到着したのは、午前十一時十分前だった。

生方は介護付き老人ホームの受付で刑事であることを告げ、寺町望に面会を求めた。応対に現われた六十年配の園長は、警戒心を露《あらわ》にした。生方は、入所者の甥の消息を知りたいだけだと来意を明かした。

「重度の認知症ですから、寺町さんはその甥っ子のことも忘れてしまってると思いますよ」

「そうかもしれませんね。甥の寺町数馬がここに来たことは？」

「一度もありません。寺町さんは弟さん一家とは六年ぐらい前から、まったくつき合ってないようですよ。その甥っ子は二人も人を殺して、指名手配中なんでしょ？」

「その話は、寺町望からお聞きになったんですか？」

「いいえ、そういう噂を耳にしたんですよ。どこに潜伏してるんですかね？　ひょっとしたら、もう亡くなってるのかもしれないな」

「とにかく、寺町さんにお目にかからせてください」

生方は話の腰を折った。

園長が鼻白んだ顔つきで案内に立った。導かれたのは、四十畳ほどの大広間《サロン》だった。入所者の男女が思い思いに寛《くつろ》いでいる。その半数は車椅子に乗っていた。

寺町望は窓際のソファに腰かけ、手入れの行き届いた庭をぼんやりと眺めていた。園長が声をかけても、反応は鈍かった。

生方は寺町の前に片膝を落とし、笑顔で自己紹介した。寺町は生方の顔をしげしげと見つめてから、首を捻《ひね》った。

「あんた、誰？」

「さきほど、新宿署の生方という者だと申し上げましたでしょ？」

「誰なんだよ、あんたは？」

「甥の数馬さんに元ペンションだった建物を貸した覚えはあります？」

「数馬って誰？　そいつのことも知らんな」

「あなたの弟の息子さんですよ」

「弟に子供がいたかな？　よくわからない。でも、自分の名前は言えるぞ。えーと、なんだっけな。年齢《とし》は百三十一歳だ」

「そうですか」

生方は表情を変えなかった。寺町は真顔《まがお》だったが、目の焦点は合っていない。まともな会話は成立しないようだ。

「やっぱり、無理でしたでしょ？」

園長が言った。勝ち誇ったような口調だった。腹黒い性格なのだろう。

生方は短く礼を述べ、大広間から出た。園長に一礼し、『清風園』の来客用駐車場に向かう。

覆面パトカーのドア・ロックを解除したとき、本庁機動捜査隊初動班の森戸から電話がかかってきた。

「山梨で大変なことになってるそうですね。お忙しいでしょうから、手短に話します。警察学校の同期の奴らに何人か当たったら、殺された宮内一樹は新橋一丁目にある『入船《いりふね》』という小料理屋をちょくちょく張り込んでる様子だったらしいんですよ、五年ほど前からね。それは、ごく最近まで繰り返されてたみたいなんです」

「宮内は、いったい誰をマークしてたんだろうか」

「そこまではわかりませんでしたが、その店では警察庁の染谷交通局長が本庁公安一課時代から毎月、句会を開いてたようですよ。その『入船』に行けば、何か手がかりを得られるんじゃないですか？」

「そうだな。ありがとう」

生方は終了キーを押し、捜査本部の露木に電話をかけた。

「やっと別所たちを押さえてくれたか」

露木が声を弾ませた。

「そうじゃないんですよ」

「早とちりだったか」

「山狩りを続行してるんですがね」

生方は捜査の進み具合を伝えてから、森戸から聞いた話を教えた。

「その句会は隠れ蓑《みの》で、染谷警視監は私大出身の警察官僚《キャリア》を集めて、派閥の結束《けっそく》を固めてるんじゃないのか。染谷は公安一課の課長時代から、私大出のキャリアの親睦会『雑草の会』の会長をやってるらしいんだ。副会長は、確かハイテク犯罪対策室の春日次長だよ。でも、『雑草の会』の定例会は五ヵ月前から休止してるみたいだな」

「なぜなんだろう？」

「どうも染谷局長は精神を病《や》んでしまったらしいんだ。こっそり心療内科クリニックに通ってるらしいよ。職務をちゃんと果たせなくなってしまったようで、月のうち十日は欠勤してるそうだ」

「そうなんですか。副会長の春日さんは警務部と生活安全部にいて、一度も公安部には配属にはなってない。しかし、同じ私大出身の有資格者《キャリア》だから、染谷警視監とは接点があるわけですよね？」

「生方は、染谷が公安一課長時代に指名手配中の寺町と司法取引したとしたら、春日もそのことを知ってるんじゃないかと言いたいんだろう？」

「知ってるどころか、春日次長は染谷に頼まれて、寺町数馬の逃亡の手助けをしたんじゃないのかな。染谷弘行は『青狼同盟』を壊滅に追い込んだ手柄が高く評価されて、警察庁の交通局長のポストに就《つ》けた。私大出の警察官僚たちは司法取引をやってでも、『雑草の会』の会長を重要な役職に就かせたかったんでしょう。そうでもしないと、警察官僚の中では少数派の彼らは東大や京大出身者に伍していけない。副会長の春日次長が染谷警視監に全面的に協力する気になっても、別に不思議じゃないでしょ？」

「そうだな」

「しかし、ボスの染谷が精神障害者になったら、副会長の自分はもう引っ張り上げてもらうことができない。春日次長はそう考え、警察社会で出世することを諦《あきら》めたんじゃないですかね。あるいは、染谷が寺町と裏取引をしたことは主流派の警察首脳に知られてしまったのかもしれないな」

「生方、きっとそうにちがいないよ。だが、偉いさんたちはキャリアの司法取引のことを表沙汰にしたら、自分たちも責任を取らされる。だから、不祥事を握り潰したんだろう」

「塙達朗は匿名《とくめい》で警視総監か警察庁長官に内部告発の手紙を出そうとしたんでしょう。染谷はそれを察知して、塙を誰かに轢き殺させた。手を汚したのは、春日次長なのかもしれないな。そうだとしたら、ハイテク犯罪対策室の次長はもう職場にはいられなくなる。露木さん、例の〝バロン〟は春日次長とも考えられますよ」

「そうだな。春日次長は別所や菱沼たちに恐喝材料を渡して、角紅商事から巨額の口留め料を脅し取らせたのかもしれないな。宮内一樹を郷原に射殺させたのは、塙の轢き逃げ事件の真相を暴《あば》かれたら、自分の将来は黒く塗り潰されてしまう。もちろん、寺町と裏取引をしたことを宮内に暴露されることも恐れた。だから、どうしても宮内を生かしておくわけにはいかなかった。そういうことだったんじゃないのか?」

「大筋は間違ってないと思います」

「生方、浜畑といったん東京に戻ってきてくれ。それで、春日と染谷の動きを探ってくれないか」

「そうします」

「早く最終コーナーを曲がろうや」

露木が電話を切った。生方は運転席に坐り、エンジンを勢いよく唸《うな》らせた。

4

寝返りを打ったとき、目を覚ました。

生方は瞼《まぶた》を擦《こす》った。新宿署の仮眠室である。

隣のベッドに横たわった相棒の浜畑は、大きな鼾《いびき》をかいている。

それだけ疲労が溜《た》まっていたのだろう。生方たちは清里高原の事件現場から戻ると、仮眠室に入った。横になって間もなく、二人とも眠りに落ちた。

生方は腕時計に視線を向けた。

午後五時三分過ぎだった。新橋一丁目にある小料理屋の営業開始時刻は六時か、六時半だろう。

生方はベッドから離れ、ボタン・ダウンの長袖シャツをTシャツの上に羽織《はお》った。防刃・防弾胴着は署に戻ったときに脱いだのである。下はトランクス姿だった。

「おい、起きろ」

生方はスラックスを穿《は》くと、浜畑の体を揺り動かした。

浜畑が唸《うな》りながら、目を開けた。頭髪に少し寝癖がついている。

「捜査本部《チヨウバ》に顔を出してから、新橋の小料理屋に行こう」

「は、はい」

「まだ寝たいんだろうが、山狩り班の連中は不眠不休で別所たちを追ってるんだ。数時間の仮眠をとれただけでも、ありがたいと思わないとな」

生方は言って、洗面台に近づいた。

冷たい水で顔を洗い、手櫛《てぐし》で乱れた髪を整える。伸びた髭《ひげ》が気になったが、あいにく使い捨ての剃刀《かみそり》はストックされていなかった。

浜畑が急いで身繕《みづくろ》いし、ざっと洗顔した。ついでに指先を濡らして、跳《は》ね上がった髪の毛を撫でつけた。

「簡易剃刀が切れてしまったが、勘弁してくれ。庶務班の連中も結構忙しいんで、仮眠室まではチェックできなかったんだろう」

「生方さん、そこまで気を遣《つか》わないでくださいよ」

「そっちは一応、客分だからな。本庁《ホンブ》の捜査員にはそれなりの気配りをする。それが所轄の人間の心得なんだよ」

「なんか厭味《いやみ》に聞こえますね。生方さんは本庁の元エース刑事で、自分には師匠のような方なんですから、堂々としててほしいな」

「堂々としてるよ、おれはな。本庁も所轄もない。刑事は基本的には同格だってことを……」

「それとなく教えてくれたんですね？」

「まあな。人生訓話を垂れる柄じゃないんだが、そっちには思い上がった刑事になってもらいたくないんだよ」

「自分、目をかけてもらってるんですね。嬉しいな」

「抱きつくなよ、おれはホモじゃないんだから」

生方は軽口をたたいて、先に仮眠室を出た。相棒が従《つ》いてくる。

二人は捜査本部に顔を出した。すると、露木が大声で告げた。

「日東《にっとう》自動車の相模原工場の生産ラインが朝からストップさせられて、いまもベルトコンベヤーはまったく動いてないらしい」

「犯人グループの悪あがきだな。おそらく〝バロン〟がコンピューターに細工をして、生産ラインを停止させたんでしょう」

生方は言った。

日東自動車は、トミタ自動車に次《つ》ぐ業界二位のメーカーである。たった一日でも主力工場の生産が停止すれば、相当な痛手を受けるにちがいない。

「〝バロン〟は企業の不正を握る手間を省《はぶ》いて、営業妨害する気になったんだろう。そして、日東自動車が要求額をすんなり出さなきゃ、システムにウイルスを撒きつづけるとでも脅迫する気にちがいないよ」

「露木さん、その情報は神奈川県警からもたらされたんですか？」

「まさか⁉ いまも警視庁とはしっくりいってない神奈川県警がそんな親切なことするわけないだろうが。日東自動車本社の総務部から、本庁ハイテク犯罪対策室に被害届が出されたんだよ。それで、室長自ら捜査本部《こ こ》に連絡してくれたんだ」

「そうですか。とにかく、われわれは『入船』に行ってみます」

「ああ、頼む。山梨で何か動きがあったら、すぐ生方に教えるよ」

露木が言った。

生方たちは捜査本部を出て、エレベーターで一階に降りた。覆面パトカーに乗り込み、新橋に急ぐ。

小料理屋『入船』を探し当てたのは、五時五十分ごろだった。

二階建ての店舗で、割に間口《まぐち》は広い。まだ暖簾《のれん》は掲《かか》げられていなかった。軒灯も点いていない。

浜畑がギャランを店の斜め前の路肩《ろかた》に寄せた。

「営業前に聞き込みをしたほうがいいでしょ？」

「そうだな。行こう」

生方は助手席から腰を浮かせた。すぐに浜畑も車を降りた。

二人は『入船』の店内に足を踏み入れた。

「ごめんなさい。まだ準備中なんですよ。営業は六時半からなんです」

和服姿の四十二、三の女性が奥から出てきた。色白で、どこか婀娜《あだ》っぽい。

「客じゃないんだ」

生方は警察手帳を見せた。浜畑も名乗った。

「何でしょう？」

「女将《おかみ》さん？」

「ええ、そうですけど」

「だいぶ前から、染谷弘行警視監がここで定期的に句会を開いてるそうですね？」

「句会というのはシャレですよ。松尾芭蕉や小林一茶の有名な俳句の上《かみ》の句や下《しも》の句を勝手に変えながら、染谷さんは若手キャリアの方たちと二階の座敷で月に一度、飲み会をやってたんです」

「そうですか」

「立ち話もなんですから、どうぞお掛けください」

女将が生方たちをテーブル席に導いた。右手にL字形のカウンターがあり、奥は小上《こあ》がりになっていた。

生方たちは並んで腰かけた。女将は生方の前に坐り、中年の仲居に目で合図をした。茶の用意をさせたのだろう。

「その若手キャリアは何人ぐらいいるんです？」

「染谷さん、私大出身の警察官僚たちで構成されてる『雑草の会』の会長さんなんですよ。会員の方は三十五人いるらしいんだけど、飲み会に出席されるのはいつも二十人そこそこでしたね。会員の方は、それぞれ重要なポストに就《つ》かれてますんで、時間の都合がつかなかったりするんでしょう」

「副会長は、警視庁ハイテク犯罪対策室の春日次長なんですね？」

「ええ、そうです。春日さんは染谷会長の懐刀《ふところがたな》って感じでしたから、必ず毎回出席されてましたね」

「『雑草の会』のメンバーは、ただ飲んでただけじゃないんでしょ？」

生方は探りを入れた。

「お酒が回ると、染谷さんはよく『われわれは大名じゃない。しかし、野武士のように図太く逞《たくま》しく生きれば、いつか大名どころか、将軍にもなれるんだ』と会員の方たちに発破《はっぱ》をかけてましたね。同じキャリアでありながら、少数派の私大出身者は人事面で冷遇されてるんですって？　染谷さんと春日さんは、とても悔《くや》しがってました」

「染谷氏は本庁公安一課の課長時代に過激派セクトの『青狼同盟』を壊滅に追い込んだことが高く評価されて、警察庁の交通局長になったんですよ」

「そのことは存じ上げてます。そのとき、染谷さんは警視長から警視監に昇進されたのよね。すごく喜んでましたよ。でも、東大か京大出身なら、警視長の職階でも警察庁の課長か県警本部長になってる。だけど、自分は警視庁の課長を長くやらされたんだとぼやいてましたね」

「キャリアの人事権は、警察庁の首脳部が持ってるんですよ。私大出身の有資格者があまり厚遇されてないことは事実です」

「そうみたいね。だから、染谷さんは何がなんでも大きな実績を積めと若手に言いつづけてたんでしょう。でも、ようやく出世されたのに、心の病気に罹《かか》ってしまって……」

「染谷交通局長は、こっそり心療内科クリニックに通ってるようですね？」

「クリニック名までは教えてくれませんでしたが、春日さんの話によると、重い鬱《うつ》病らしいの。自殺の危険があるんで、奥さんは毎晩、ご主人と紐《ひも》で手を結び合って寝《やす》まれてるという話だったわね」

「春日次長は、染谷さんがそんなふうになってしまったんで、だいぶ落胆したんだろうな」

「ええ、かなりショックを受けてるようでしたよ」

女将が言って、わずかに上体を反《そ》らせた。仲居が三人分の緑茶をテーブルに置き、じきに下がった。

「『雑草の会』の集まりは染谷警視監の心が不安定になってから間もなく、中断することになったんですね？」

浜畑刑事が女将に確かめた。

「ええ、そうですよ。副会長の春日さんは、会長の心の病が治るまで飲み会はできなくなったとおっしゃったの」

「そうですか」

「でもね、春日さんは若手の会員を何人か連れて店に時々、来てくださるのよ。小上がりで一、二時間飲んでお帰りになるから、少し売上に協力しないと悪いと思ってらっしゃるんでしょうね。春日さんは育ちがいいから、そこまで気が回るんだと思うわ」

「育ちがいい？」

「ええ。春日さんのお父さんは遣《や》り手の貿易商だったみたいよ。ご両親は七、八年前に相次いで病死されてるらしいんだけど、田園調布《でんえんちょうふ》の豪邸で優雅な独身生活を送ってるんですって。敷地は五百坪もあるっていうから、固定資産税だって年に何百万円にもなるんじゃないかしら？　でも、親の遺産があるでしょうから、たいした負担じゃないかしらね」

「ええ、多分」

浜畑が茶碗に手を伸ばした。

「ここに五年ほど前、塙達朗という公安刑事が来たことはありませんか？」

生方は女将に訊《き》いた。

「名前は忘れちゃったけど、その当時の染谷さんの部下の方が一度訪ねてきたわね。営業前に店に入ってきて、過激派セクトの幹部のなんとかって男と染谷さんがここで落ち合ったことはないかと言い出したんですよ」

「その幹部の名は、寺町数馬ではありませんでした？」

「ええ、そんな名だったわね。でも、そういうことは一度もなかったのよ。その公安刑事さんは何かで染谷さんのことを疑ってるような様子だったわね」

「そうですか。宮内一樹って男がここに来たことは？」

「何度もあるわ。最初に来たのは、確か五年前の初夏だったと思います。その後も何回も店にやってきて、『雑草の会』の集まりがあるとき、座敷にICレコーダーを仕掛けてくれないかと十万円入りの封筒を差し出したの。同じことを五回以上は頼まれたけど、気味が悪かったから、断りつづけたんですよ。そしたら、来なくなったの。先日、その宮内って男が新宿で射殺されたことをニュースで知って、びっくりしたわ。元刑事だとわかって、二度驚きました。あの人、いったい何を調べてたんでしょう？」

「宮内と警察学校で同期だった塙達朗は五年前、帰宅途中に無灯火の車に轢かれて亡くなってるんですよ。宮内は、塙の死の真相に迫ろうとしてたんでしょう。それはそうと、宮内がこの店に何度も来たことを染谷氏に話しました？」

「染谷さんには言わなかったけど、『雑草の会』の副会長の春日さんには話したわ」

「どんな反応を見せました？」

「一瞬、うろたえた様子だったわ。すぐにいつもの表情に戻りましたけどね」

「そうですか」

「染谷さんや春日さんは何かまずいことをしてたんですか？」

女将が生方を正視した。

「捜査中の事案なんで、何も答えられないんですよ。ところで、春日さんがコンピューターに精通してることはご存じでしょ？」

「ええ、もちろん。わたしのパソコンがウイルスにやられたことがあるんですよ。そのとき、春日さんは一時間足らずでウイルスを作成した犯人を突きとめてくれたの。どんなハッカーでも、彼には正体を見破られちゃうんじゃないかしら？　逆に春日さんなら、ハッキングやクラッシングをしても、まずバレないと思うわ。染谷さんも、コンピューターに関しては春日さんに一目置いてましたよ」

「『雑草の会』にバロンというニックネームで呼ばれてた会員はいませんでした？」

「それ、春日さんのことよね。いつか酔った春日さんが自分は天才ハッカーの〝バロン〟なんだと打ち明けてくれたの。冗談だったんでしょうけど、彼にぴったりのニックネームだと思ったわ」

「そうですか。ご協力、ありがとうございました」

生方は腰を上げた。すぐに浜畑が倣《なら》った。

店の外に出る。夕闇が濃かった。

「読み筋は間違ってなかったな。後は、〝バロン〟を追い込むだけだ」

「春日次長が〝バロン〟だったんですね。五年前に染谷さんの司法取引の証拠を集めようとしてた塙さんを車で轢き殺し、郷原に宮内さんを射殺させたのも次長かもしれないんですね?」

「ああ、そうだ。まだ決定的な証拠はないが、春日に揺さぶりをかければ、落とせるだろう」

「落としましょうよ」

浜畑が口を結んだ。

そのとき、生方の携帯電話が鳴った。電話の主は露木警部だった。

「捜査班と『SAT《サット》』のメンバーがアジトから四キロほど離れた洞窟《どうくつ》に身を潜めてた別所、菱沼、郷原の三人を発見した。菱沼と郷原は短機関銃を乱射したらしい。それで、『SAT《サット》』のメンバーに二人とも射殺されたそうだ」

「別所の身柄は確保したんですね?」

「ああ。だが、一連の犯行については黙秘してるらしい。ただ、別所の携帯に〝バロン〟のナンバーが登録されてたんだ。で、その番号を少し前に電話会社に問い合わせたら、春日のものと判明した」

「やっぱり、そうだったか」

生方は、『入船』の女将の話を語った。

「それなら、春日が首謀者に間違いないよ。春日の逮捕令状を今夜中に裁判所に請求するが、その前に自殺か逃亡される恐れがあるな」

「そうですね」

「生方、すぐ春日の自宅に向かってくれ。奴は午後三時過ぎに職場を早退《はやび》けして、帰宅したそうなんだ。多分、自宅にいるだろう」

露木がそう言い、春日の自宅の住所をゆっくりと告げた。生方は所番地を復誦《ふくしょう》し、浜畑にメモさせた。

「支援が必要なときは、いつでも言ってくれ。それから春日が任意同行を拒んだら、強引に家の中に踏み込んで身柄を押さえてくれや。何か問題になったら、すべておれが責任を取る。黒幕に自殺されたり、逃《フ》げ《ケ》られたら、多くの犠牲者に詫《わ》びようがないからな」

「そうですね。家宅侵入罪に問われても、春日の身柄《ガラ》は確保しますよ。もともとアウトロー派ですから、必要ならば、平気で法もモラルも無視します」

生方は電話を切って、相棒と捜査車輌に飛び乗った。

浜畑がギャランを急発進させた。サイレンを高く響かせながら、大田区田園調布四丁目をめざす。

二十四、五分で、都内で有数の邸宅街に入った。街並が美しい。

東横線の田園調布駅のロータリーから放射線状に道路が走り、豪邸が連《つら》なっている。

どの家も庭が広い。閑静なたたずまいだ。

覆面パトカーのサイレンを止め、高級住宅街を低速で進む。春日邸は、ほどなく見つかった。

門柱と鉄扉《てっぴ》はヨーロッパ調の造りで、奥まった所に見える二階建ての白い建物も洋風だった。生垣《いけがき》は青々としている。かなり高さがある。生垣の背後には、白い鉄柵が巡らされていた。

浜畑がギャランを春日邸の生垣に寄せた。

生方は先に外に出た。門柱には防犯カメラが設置されているが、生垣のあたりには何も見えない。

門灯は点《つ》いている。洋館の中も明るい。

浜畑がギャランを降りた。

邸宅街はひっそりと静まり返っていた。通行人の姿も目に留《と》まらない。車も通りかからなかった。

「生垣から邸内に忍び込むぞ」

生方は相棒に言って、生垣を掻《か》き分けた。

白い鉄柵を乗り越え、内庭に降りた。西洋芝が一面に植えられ、庭木がバランスよく並んでいる。

アプローチの石畳は趣《おもむき》があった。

庭園灯はモダンなデザインだった。さりげなくオブジェが置かれている。造園センスは悪くない。

門扉の横のガレージには、黒塗りのシーマとクラッシック・カーが並んでいる。年代物の車は、一九五〇年代に製造されたシボレーだ。春日の亡父の愛車だったのかもしれない。

浜畑が敷地内に入った。

二人は姿勢を低くして、洋風住宅の左側に回り込んだ。

すぐ目の前に広いテラスがある。ほぼ中央に、白いガーデン・セットが置かれていた。椅子も円《まる》いテーブルも鉄製だった。

テラスに面した居間らしい部屋から、かすかにショパンのピアノ曲が洩《も》れてくる。どうやら春日はＣＤを聴《き》いているらしい。

「春日をテラスに誘《おび》き出すぞ。油断するな」

生方は相棒に耳打ちして、手前のガーデン・チェアを持ち上げた。頭上まで掲《かか》げ、椅子をテーブルに投げつける。派手な音がした。十数秒後、春日がテラスに飛び出してきた。軽装だった。

「〝バロン〟は、あんただったんだなっ」

生方は春日を睨《にら》みつけた。

「現職警官が二人も家宅侵入罪か。いくら何でも、礼儀を知らなすぎるな」

「話をはぐらかすなっ。別所は逮捕された。菱沼と郷原は『SAT《サット》』の隊員に射殺されたよ」

「どうして〝バロン〟がわたしだとわかったんだ？　別所が自白《ウタ》ったのか？」

「いや、別所は完全黙秘してるらしい。『入船』の女将の証言、それから別所の携帯に登録されてた〝バロン〟があんただと判明したんで、無礼な訪問をさせてもらったんだ。あんたが自殺したり、逃亡する恐れもあったんでね」

「まだ令状《オフダ》は下りてないわけだ。それで、わが家に忍び込んだんだな？」

「そうだ。任意同行を求める前に二、三、確認させてくれないか」

「何が知りたいんだ？」

「染谷弘行は本庁公安一課時代に『青狼同盟』の寺町数馬と司法取引をして、奴をわざと逃がしたんだな？　それで寺町から提供された情報で、過激派セクトを壊滅に追い込むことができた。その手柄が認められて、染谷は念願の警察庁の局長になれた」

「そこまで調べ上げてたか⁉」

「五年前、公安一課の塙達朗は上司の染谷が寺町と裏取引をしたと怪しみ、その証拠を集める気になった。『雑草の会』が月に一度集まってた新橋の『入船』まで訪ねたことを知って、あんたは不安になった。塙が司法取引の証拠を摑んだら、身の破滅だ。染谷と相談した末、あんたが塙を無灯火の車で轢き殺すことになったんだな？」

「わたしの独断だったんだ。寺町と司法取引をしろと勧《すす》めたのは、わたしなんだよ」

春日が淡々と答えた。少しも悪びれる様子は見せなかった。

「いまの話は事実なのか？　染谷をかばってるんじゃないんだな？」

「わたしの発案だったんだよ。危険な過激派セクトを壊滅に追い込めば、染谷さんの功績は誰も無視できない。事実、警察社会を牛耳《ぎゅうじ》ってる東大出の主流派も染谷さんを警察庁の交通局長にした」

「そのことに味をしめて、あんたは私大出身のキャリアが同じ方法でのし上がり、いずれ主流派を叩き潰してやろうと野心を膨らませてたわけだ？」

「そうだよ。しかし、『雑草の会』のまとめ役が良心とやらに負けて、心のバランスを崩してしまった。われわれを引っ張り上げてくれる親玉が頼りにならなくなったんじゃ、下剋上《げこくじょう》なんて企《たくら》めない」

「塙の轢き逃げ事件の継続捜査が中断されてるのは、上層部に司法取引のことが知られてしまったからなんだな？」

「そうだよ。副総監に気づかれたんだ、一年あまり前にな」

「それだから、あなたは染谷と出世に見切りをつけて、企業恐喝で荒稼ぎする気になったんですね？」

浜畑が話に割り込んだ。

「ああ、そうだ。親父の遺産の大半をマネー・ゲームで失ってしまったんで、少々、不安になったんだよ」

「ダミーの主犯の別所辰巳とは、どういうつながりなんです？」

「別所さんは大学の先輩で、ボート部のOBでもあったんだ。彼も菱沼もちょっとしたことで、はぐれ者になってしまった。わたしも同じような身になってしまったんで、フリーターや高級娼婦をうまく利用して、勝ち組や大企業から金をせしめてやろうって計画を別所先輩に持ちかけたのさ」

「別所は乗り気になって、高校時代の後輩の菱沼を仲間にしたんですね？　菱沼は郷原、雑賀、長友を抱き込んだ。そうなんでしょ？」

「そうだよ。わたしは角紅商事、地下鉄全線、JR東海のシステムにちょいと悪さをしただけだ。日東自動車の相模原工場のシステムに潜《もぐ》り込んで、生産ラインをストップさせたのもわたしだよ」

「各界の有名人や角紅商事から脅し取った総額はいくらになるんです？」

「約七十六億だよ。諸々の経費を差し引いた残金は、オーストリアの銀行の秘密口座に入れてある」

「郷原に宮内一樹を撃ち殺させたのは、塙の死の真相に迫られそうになったからなんだなっ」

　生方は春日を鋭く睨《にら》んだ。

「それだけじゃない。宮内は染谷さんが寺町と司法取引したことを嗅ぎつけ、わたしが塙を轢き殺したことも調べ上げたんだよ。さらに、わたしが企業恐喝グループの首謀者だと突きとめたみたいだったんだ。だから、郷原に手を汚してもらったわけさ」

「寺町数馬は、どうしたんだっ。どこかに潜伏してるんだな？」

「あいつは、もうこの世にいないよ。三カ月ほど寺町をこの家に匿《かくま》ってやったんだが、あの男は同志の仕返しを恐れて、自首する気になったんだ。そんなことをされたら、染谷さんもわたしもジ・エンドになってしまう」

「あんたが殺したのか？」

「そうだよ、電気コードで首を絞めてね。死体はクロム硫酸で骨だけにして、金槌《ハンマー》で骨粉にしてからトイレに流してしまったよ」

「あんたはクレージーだ」

「わたしや染谷さんを狂わせたのは、東大出の偉いさんたちさ」

「言い訳は見苦しいぞ。同行してくれるな？」

「いいだろう。だが、こんな恰好《かっこう》じゃ、みっともない。背広に着替えてくるよ。ここで待っててくれ」

春日がそう言い、居間の中に入った。

「逃げる気なんじゃないですか？」

「もう観念したと思うが……」

生方は相棒に言って、居間を覗き込んだ。

ほとんど同時に、散弾銃《ショットガン》の銃口を突きつけられた。レミントンの水平式二連銃だった。

「二人とも拳銃を足許に落とせ」

「おれたちは丸腰だよ」

「嘘つくな！」

春日が吼《ほ》えた。

生方は猟銃の銃身を左手でしっかと摑んだ。弾みで、暴発した。扇の形に散った粒弾はガーデン・セットに当たったが、生方にも浜畑にも命中しなかった。

生方は春日をテラスに引き落とし、散弾銃を遠くに投げ捨てた。

春日が絶望的な顔で、その場にへたり込んだ。浜畑が手早く後ろ手錠を打つ。

生方は電話で、露木に春日を緊急逮捕したことを報告した。

「そこで待っててくれ。すぐに支援の捜査員を急行させる」

「お願いします」

「少し前に入電があったんだが、染谷弘行が自宅で青酸化合物を呷《あお》って自らの命を絶《た》ったそうだ。あの世に逃げられちまったな。けど、生方が春日を逮捕《パク》ってくれたんだから、塙達朗も宮内一樹も成仏《じょうぶつ》できるだろう」

「だといいんですがね」

「春日の供述調書を取ったら、祝杯を挙げよう」

「山梨から別所が連行されるまで、捜査は終わってませんよ」

「おっと、そうだったな。捜査班と『SAT《サット》』のみんなが戻ってきてから、コップ酒を飲むか」

露木が電話を切った。生方は携帯電話を折り畳み、無意識に空を仰《あお》いだ。満天《まんてん》の星だった。

生方は煙草に火を点け、深く喫《す》いつけた。

格別にうまかった。たとえ肺癌になっても、禁煙する気はなかった。長生きするだけが能ではない。人生をどう愉《たの》しむかではないか。

「二人に五億円ずつやるよ。それで、逃がしてくれないか。生方君、頼むよ」

春日が縋《すが》るような目で言った。

「あんたはキャリアだが、人間としては三流だな」

「十億円ずつ渡してやろう。それで、手を打ってくれないか」

「救い難《がた》いな」

生方は喫いさしの煙草を親指の爪で弾《はじ》いた。

短くなったキャビンは、春日の顔面に当たった。火の粉が散った。春日が尻を使って後退した。浜畑が煙草の火を踏み消した。

生方は春日を見下ろしながら、口の端を歪《ゆが》めた。

侮蔑《ぶべつ》を込めた冷笑だった。

筆者注・この作品はフィクションであり、登場する人物および団体名は、実在するものといっさい関係ありません。

非常線

一〇〇字書評

切り取り線

購買動機（新聞、雑誌名を記入するか、あるいは○をつけてください）	
□（　　　　　　　　　　）の広告を見て	
□（　　　　　　　　　　）の書評を見て	
□ 知人のすすめで	□ タイトルに惹かれて
□ カバーがよかったから	□ 内容が面白そうだから
□ 好きな作家だから	□ 好きな分野の本だから

●最近、最も感銘を受けた作品名をお書きください

●あなたのお好きな作家名をお書きください

●その他、ご要望がありましたらお書きください

住所	〒				
氏名		職業		年齢	
Eメール	※携帯には配信できません	新刊情報等のメール配信を 希望する・しない			

あなたにお願い

この本の感想を、編集部までお寄せいただけたらありがたく存じます。今後の企画の参考にさせていただきます。Eメールでも結構です。

いただいた「一〇〇字書評」は、新聞・雑誌等に紹介させていただくことがあります。その場合はお礼として特製図書カードを差し上げます。

前ページの原稿用紙に書評をお書きの上、切り取り、左記までお送り下さい。宛先の住所は不要です。

なお、ご記入いただいたお名前、ご住所等は、書評紹介の事前了解、謝礼のお届けのためだけに利用し、そのほかの目的のために利用することはありません。またそのデータを六カ月を超えて保管することもありませんので、ご安心ください。

〒一〇一－八七〇一
祥伝社文庫編集長　加藤　淳
☎〇三（三二六五）二〇八〇
bunko@shodensha.co.jp

祥伝社文庫

上質のエンターテインメントを！　珠玉のエスプリを！

祥伝社文庫は創刊15周年を迎える2000年を機に、ここに新たな宣言をいたします。いつの世にも変わらない価値観、つまり「豊かな心」「深い知恵」「大きな楽しみ」に満ちた作品を厳選し、次代を拓く書下ろし作品を大胆に起用し、読者の皆様の心に響く文庫を目指します。どうぞご意見、ご希望を編集部までお寄せくださるよう、お願いいたします。

2000年1月1日　　祥伝社文庫編集部

非常線《ひじょうせん》　新宿署《しんじゅくしょ》アウトロー派《は》　長編サスペンス

平成20年6月20日　初版第1刷発行

著者　南《みなみ》　英《ひで》男《お》

発行者　深澤健一

発行所　祥《しょう》伝《でん》社《しゃ》

東京都千代田区神田神保町3-6-5
九段尚学ビル　〒101-8701
☎03(3265)2081(販売部)
☎03(3265)2080(編集部)
☎03(3265)3622(業務部)

印刷所　堀内印刷

製本所　関川製本

造本には十分注意しておりますが、万一、落丁、乱丁などの不良品がありましたら、「業務部」あてにお送り下さい。送料小社負担にてお取り替えいたします。

ISBN978-4-396-33429-1 C0193

祥伝社のホームページ・http://www.shodensha.co.jp/